Las CRÓNICAS de NARNIA®

C. S. LEWIS

El Príncipe Caspian

Jack seaverson

Srta. Hbdky

Las CRÓNICAS de NARNIA®

C. S. LEWIS

El Príncipe Caspian

Traducción de Gemma Gallart
Ilustraciones de Pauline Baynes

Una rama de HarperCollinsPublishers

Las CRÓNICAS *de*
NARNIA ®

Este libro fue publicado originalmente en inglés en el año 1951 en Gran Bretaña
por Geoffrey Bles.

PRIMERA EDICIÓN RAYO, 2005

Impreso en papel sin ácido

Library of Congress ha catalogado la edición en inglés.

ISBN-13: 978-0-06-088428-4
ISBN-10: 0-06-088428-2

08 09 DIX/RRD 10 9 8 7 6 5

Para Mary Clare Havard

ÍNDICE

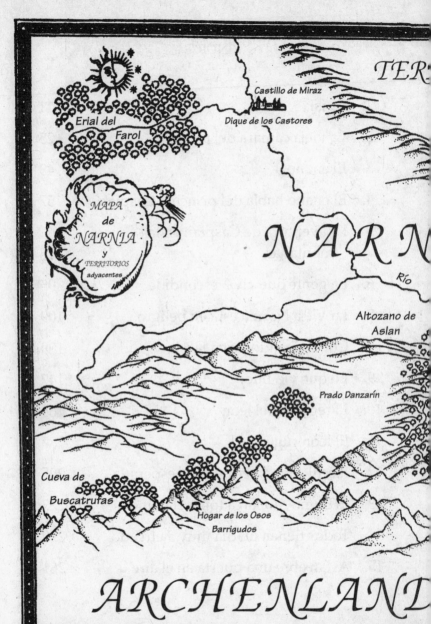

CAPÍTULO 1

La isla

Había una vez cuatro niños llamados Peter, Susan, Edmund y Lucy que, según se cuenta en un libro llamado *El león, la bruja y el armario,* habían corrido una extraordinaria aventura. Tras abrir la puerta de un armario mágico, habían ido a parar a un mundo muy distinto del nuestro, y en aquel mundo distinto se habían convertido en reyes y reinas de un lugar llamado Narnia. Mientras estuvieron allí les pareció que reinaban durante años y años; pero cuando regresaron a través de la puerta y volvieron a encontrarse en su mundo, resultó que no habían estado fuera ni un minuto de nuestro tiempo. En cualquier caso, nadie se dio cuenta de que habían estado ausentes, y ellos jamás se lo contaron a nadie, a excepción de a un adulto muy sabio.

Había transcurrido ya un año de todo aquello,

y los cuatro estaban en ese momento sentados en un banco de una estación de ferrocarril con baúles y cajas de juegos amontonados a su alrededor. Iban, de hecho, de regreso a la escuela. Habían viajado juntos hasta aquella estación, que era un cruce de vías; y allí, unos cuantos minutos más tarde, debía llegar un tren que se llevaría a las niñas a una escuela y, al cabo de una media hora, llegaría otro en el que los niños partirían en dirección a otra escuela. La primera parte del viaje, que realizaban juntos, siempre les parecía una prolongación de las vacaciones; pero ahora que iban a decirse adiós y a marcharse en direcciones opuestas tan pronto, todos sentían que las vacaciones habían finalizado de verdad y también que regresaban las sensaciones provocadas por el retorno del período escolar. Por eso estaban un tanto deprimidos y a nadie se le ocurría nada que decir. Lucy iba a ir a un internado por primera vez en su vida.

Era una estación rural, vacía y soñolienta, y no había nadie en el andén excepto ellos. De improviso Lucy profirió un grito agudo, como alguien a quien ha picado una avispa.

—¿Qué sucede, Lu? —preguntó Edmund; y entonces, de repente, se interrumpió y emitió un ruidito que sonó parecido a «¡Ou!».

—¿Qué diablos...? —empezó a decir Peter, y a continuación también él cambió lo que había estado a punto de decir, y en su lugar exclamó—: ¡Susan, suelta! ¿Qué haces? ¿Adónde me estás arrastrando?

—Yo no te he tocado —protestó ella—. Alguien está tirando de *mí*. ¡Oh... oh... oh... basta!

Todos advirtieron que los rostros de los demás habían palidecido terriblemente.

—Yo he sentido justo lo mismo —dijo Edmund con voz jadeante—. Como si me estuvieran arrastrando. Un tirón de lo más espantoso... ¡Uy! Ya empieza otra vez.

—Yo siento lo mismo —indicó Lucy—. Ay, no puedo soportarlo.

—¡Pronto! —gritó Edmund—. Agarraos todos de las manos y manteneos bien juntos. Esto es magia; lo sé por la sensación que produce. ¡Rápido!

—Sí —corroboró Susan—. Tomémonos de la mano. Cómo deseo que pare... ¡Ay!

En un instante el equipaje, el asiento, el andén y la estación se habían desvanecido totalmente, y los cuatro niños, asidos de la mano y sin aliento, se encontraron de pie en un lugar frondoso, tan lleno de árboles que se les clavaban las ramas y apenas había espacio para moverse. Se frotaron los ojos y aspiraron con fuerza.

—¡Cielos, Peter! —exclamó Lucy—. ¿Crees que es posible que hayamos regresado a Narnia?

—Podría ser cualquier sitio —respondió él—. No veo más allá de mis narices con todos estos árboles. Intentemos salir a campo abierto..., si es que existe.

Con algunas dificultades, y bastantes escozores producto de las ortigas y pinchazos recibidos de los matorrales de espinos, consiguieron abrirse paso fuera de la espesura. Fue entonces cuando recibieron otra sorpresa. Todo se tornó mucho más brillante, y tras unos cuantos pasos se encontraron en el linde del bosque, contemplando una playa de arena. Unos pocos metros más allá, un mar muy tranquilo lamía la playa con olas tan diminutas que apenas producían ruido. No se avistaba tierra y no había nubes en el cielo. El sol se encontraba donde se suponía que debía estar a las diez de la mañana, y el mar era de un azul deslumbrante. Permanecieron inmóviles olisqueando el mar.

—¡Diantre! —dijo Peter—. Esto es fantástico.

A los cinco minutos todos estaban descalzos y remojándose en las frescas y transparentes aguas.

—¡Esto es mejor que estar en un tren sofocante de vuelta al latín, el francés y el álgebra! —declaró Edmund.

Y durante un buen rato nadie volvió a hablar y se dedicaron sólo a chapotear y buscar camarones y cangrejos.

—De todos modos —dijo Susan finalmente—, supongo que tendremos que hacer planes. No tardaremos en querer comer algo.

—Tenemos los sándwiches que nuestra madre nos dio para el viaje —indicó Edmund—. Al menos yo tengo los míos.

—Yo no —repuso Lucy—, los míos estaban en la bolsa.

—Los míos también —añadió Susan.

—Los míos están en el bolsillo del abrigo, allí en la playa —dijo Peter—. Es decir: dos almuerzos para repartir entre cuatro. No va a resultar muy divertido.

—En estos momentos tengo más sed que hambre —declaró Lucy.

Todos se sentían sedientos, como acostumbra a suceder después de remojarse en agua salada bajo un sol ardiente.

—Es como si fuéramos náufragos —comentó Edmund—. En los libros siempre encuentran manantiales de agua dulce y transparente en las islas. Así que será mejor que vayamos en su busca.

—¿Significa eso que debemos regresar al interior de ese bosque tan espeso? —inquirió Susan.

—En absoluto —contestó Peter—. Si hay arroyos, seguro que descienden hasta el mar, y si recorremos la playa ya veréis como los encontraremos.

Vadearon de vuelta entonces y atravesaron primero la arena suave y húmeda y luego ascendieron por la arena seca y desmenuzada que se pega a los dedos, y empezaron a ponerse los calcetines y los zapatos. Edmund y Lucy querían dejarlos allí y explorar con los pies descalzos, pero Susan dijo que era una locura.

—¡Imaginaos que no volvemos a encontrarlos nunca! —señaló—. Además, los necesitaremos si seguimos aquí cuando llegue la noche y empiece a hacer frío.

Una vez que volvieron a estar vestidos, empezaron a recorrer la orilla con el mar a su izquierda y el bosque a la derecha. A excepción de alguna gaviota ocasional, era un lugar muy tranquilo. El bosque era tan espeso y enmarañado que apenas conseguían ver en su interior; y no se movía nada en él... ni un pájaro, ni siquiera un insecto.

Las conchas, las algas y las anémonas, o los cangrejos diminutos en charcas formadas en las rocas están muy bien, pero uno no tarda en cansarse de todo eso si tiene sed. Los pies de los niños, ahora que habían abandonado el frescor del agua, les ardían y pesaban; además, Susan y Lucy tenían que cargar con sus impermeables. Edmund había dejado el suyo sobre el asiento de la estación justo antes de que la magia los sorprendiera, y él y Peter se turnaban en llevar el gabán de Peter.

Al rato la playa empezó a describir una curva hacia la derecha. Alrededor de un cuarto de hora más tarde, después de que hubieran atravesado una cresta rocosa que finalizaba en un cabo, la orilla giró bruscamente. A su espalda quedaba entonces el mar que los había recibido al salir del bosque, y en aquellos momentos, al mirar al frente, podían contemplar a través del mar otra playa, tan densamente poblada de árboles como la que estaban explorando.

—Oíd, ¿es una isla o acabarán por juntarse los dos extremos? —dijo Lucy.

—No lo sé —respondió Peter, y todos siguieron avanzando pesadamente en silencio.

La orilla por la que avanzaban se fue acercando cada vez más a la orilla opuesta, y cada vez que rodeaban un promontorio, los niños esperaban encontrar el lugar donde las dos se unían. Sin embargo se llevaron una desilusión. Llegaron a unas rocas a las que tuvieron que trepar y desde lo alto pudieron ver un buen trecho por delante de ellos.

—¡Caray! —exclamó Edmund—. No sirve de

nada. No podremos llegar a esos otros bosques.
¡Estamos en una isla!

Era cierto. En aquel punto, el canal entre ellos y
la costa opuesta tenía sólo unos veinte o treinta
metros de anchura, pero se dieron cuenta de que
era el punto en el que resultaba más estrecho.
Después de eso, la costa por la que andaban do-
blaba de nuevo hacia la derecha, y podían ver el
mar abierto entre ella y el continente. Resultaba
evidente que habían dado la vuelta a más de la
mitad de la isla.

—¡Mirad! —gritó Lucy de repente—. ¿Qué es
eso?

Señaló una especie de larga cinta plateada y si-
nuosa que discurría por la playa.

—¡Un arroyo! ¡Un arroyo! —gritaron sus hermanos y, cansados como estaban, no perdieron tiempo en descender precipitadamente por entre las rocas y correr en dirección al agua potable. Eran conscientes de que el agua del arroyo sabría mejor algo más arriba, lejos de la playa, de modo que se dirigieron sin pensarlo más al punto por el que surgía del bosque.

Los árboles seguían igual de tupidos, pero el arroyo había abierto un profundo curso entre elevadas orillas cubiertas de musgo, de modo que si uno se agachaba podía avanzar corriente arriba por una especie de túnel de hojas. Se arrodillaron junto al primer estanque de rizadas aguas oscuras y bebieron y bebieron, y sumergieron los rostros en el agua, y luego introdujeron los brazos hasta los codos.

—Bien —dijo Edmund—, ¿qué pasa con esos sándwiches?

—No sé, ¿no sería mejor guardarlos? —preguntó Susan—. Tal vez nos hagan mucha más falta después.

—Cómo desearía que, ahora que no tenemos sed, pudiéramos seguir sin sentir hambre como antes —dijo Lucy.

—Pero ¿qué hay de los sándwiches? —repitió Edmund—. De nada sirve guardarlos hasta que se estropeen. Tenéis que recordar que hace mucho más calor aquí que en Inglaterra, y hace horas que los llevamos en los bolsillos.

Así pues, sacaron los dos paquetes y los dividieron en cuatro porciones, y nadie tuvo suficiente, pero fue mucho mejor que nada. Después hablaron sobre sus planes respecto a la siguiente comida. Lucy quería regresar al mar y pescar camarones, hasta que alguien señaló que no tenían redes. Edmund dijo que lo mejor era buscar huevos de gaviota en las rocas, pero cuando se pusieron a considerarlo no recordaron haber visto ningún huevo de gaviota y, de haberlos encontrado, tampoco habrían podido cocerlos. Peter pensó para sus adentros que a menos que tuvieran un golpe de suerte no tardarían en darse por satisfechos si podían comer huevos crudos, pero no le pareció que sirviera de nada decirlo en voz alta. Susan manifestó que era una lástima que hubieran comido los sándwiches tan pronto, y más de uno estuvo a punto de perder los estribos llegados a aquel punto. Finalmente Edmund dijo:

—Mirad. Sólo hay una cosa que se puede hacer. Debemos explorar el bosque. Ermitaños, caballeros y gente parecida siempre se las arreglan para sobrevivir si están en un bosque. Encuentran raíces y bayas y cosas.

—¿Qué clase de raíces? —quiso saber Susan.

—Siempre he pensado que se referían a raíces de árboles —manifestó Lucy.

—Vamos —dijo Peter—, Edmund tiene razón. Y debemos intentar hacer algo. Además, será mejor que volver a salir a la luz deslumbrante del sol.

Todos se pusieron en pie y empezaron a seguir el curso de agua, lo que resultó una tarea muy ardua. Tuvieron que agacharse bajo algunas ramas y pasar por encima de otras, y avanzaron a trompicones por entre grandes masas de plantas parecidas a rododendros. También se desgarraron las ropas y se mojaron los pies en el arroyo; y seguían sin oírse otros ruidos que no fueran el del agua y los que producían ellos mismos. Empezaban a sentirse muy cansados de todo aquello cuando percibieron un aroma delicioso y, a continuación, un destello de color brillante por encima de ellos, en lo alto de la orilla derecha.

—¡Caracoles! —exclamó Lucy—. Estoy segura de que eso es un manzano.

Y lo era. Ascendieron jadeantes la empinada orilla, se abrieron paso por entre unas zarzas, y se encontraron rodeando un viejo árbol cargado de enormes manzanas de un amarillo dorado, tan carnosas y jugosas como cualquiera desearía ver.

—Y éste no es el único árbol —indicó Edmund

con la boca llena de manzana—. Mirad ahí... y ahí.

—Vaya, pero si hay docenas —dijo Susan, arrojando el corazón de su primera manzana y tomando la segunda—. Esto debía de ser un huerto, hace mucho, mucho tiempo, antes de que el lugar se volviera salvaje y surgiera el bosque.

—Entonces, en el pasado la isla estaba habitada —dijo Peter.

—Y ¿qué es eso? —preguntó Lucy, señalando al frente.

—Cielos, es una pared —contestó Peter—. Una vieja pared de piedra.

Abriéndose paso por entre las cargadas ramas llegaron ante el muro. Era muy viejo, y estaba desmoronado en algunos puntos, con musgo y alhelíes creciendo sobre él, pero era más alto que todos los árboles excepto los más grandes. Y cuando se acercaron lo suficiente descubrieron un gran arco que antiguamente debía de haber tenido una verja, pero que en aquellos momentos estaba casi ocupado por el más grande de los manzanos. Tuvieron que romper algunas de las ramas para poder pasar, y cuando lo consiguieron, todos parpadearon porque la luz del día se tornó repentinamente mucho más brillante. Se hallaban en un amplio espacio abierto rodeado de muros.

Allí dentro no había árboles, únicamente un césped uniforme y margaritas, y también enredaderas, y paredes grises. Era un lugar luminoso, secreto y bastante triste; y los cuatro fueron hasta su parte central, contentos de poder erguir la espalda y mover las extremidades con libertad.

CAPÍTULO 2

La vieja cámara del tesoro

—Esto no era un jardín —declaró Susan al cabo de un rato—. Esto era un castillo y aquí debía de estar el patio.

—Ya veo lo que quieres decir —dijo Peter—. Sí; eso son los restos de una torre. Y allí hay lo que sin duda era un tramo de escalera que subía a lo alto de las murallas. Y mirad esos otros escalones, los que son anchos y bajos, que ascienden hasta aquella entrada. Eso debía de ser la puerta que daba a una sala enorme.

—Hace una eternidad, por lo que parece —apostilló Edmund.

—Sí, hace una eternidad —coincidió Peter—. Ojalá pudiéramos descubrir quiénes eran los que vivían en este castillo; y cuánto tiempo hace de ello.

—Me produce una sensación rara —dijo Lucy.

—¿Lo dices en serio, Lu? —inquirió Peter, volviéndose y mirándola con fijeza—. Porque a mí me sucede lo mismo. Es la cosa más rara que ha sucedido en este día tan extraño. Me pregunto: ¿dónde estamos y qué significa todo esto?

Mientras hablaban habían cruzado el patio y atravesado la otra entrada para pasar al interior de lo que en una ocasión había sido la sala. En aquellos momentos la estancia se parecía mucho al patio, ya que el techo había desaparecido hacía mucho tiempo y no era más que otro espacio cubierto de hierba y margaritas, con la excepción de que era más corto y estrecho y las paredes eran más altas. A lo largo del extremo opuesto había una especie de terraza aproximadamente un metro más alta que el resto.

—Me gustaría saber a ciencia cierta si era la sala —dijo Susan—. ¿Qué es esa especie de terraza?

—Claro, tonta —intervino Peter, que se mostraba extrañamente nervioso—, ¿no lo ves? Ésa era la tarima donde se encontraba la mesa real, donde se sentaban el rey y los lores principales. Cualquiera pensaría que habéis olvidado que nosotros mismos fuimos en una ocasión reyes y reinas y nos sentamos en una plataforma igual que ésa, en nuestra gran sala.

—En nuestro castillo de Cair Paravel —prosiguió Susan en una especie de sonsonete embelesado—, en la desembocadura del gran río de Narnia. ¿Cómo he podido olvidarlo?

—¡Cómo regresa todo! —exclamó Lucy—. Podríamos fingir que ahora estamos en Cair Paravel. Esta sala debe de ser muy parecida a la enorme sala en la que celebrábamos banquetes.

—Pero por desgracia sin el banquete —indicó Edmund—. Se hace tarde, ¿sabéis? Mirad cómo se alargan las sombras. ¿Y os habéis dado cuenta de que ya no hace tanto calor?

—Necesitaremos una hoguera si hemos de pasar la noche aquí —dijo Peter—. Yo tengo cerillas. Vayamos a ver si podemos reunir un poco de leña seca.

Todos encontraron muy sensata la sugerencia, y durante la siguiente media hora estuvieron muy ocupados. El huerto a través del cual habían llegado a las ruinas resultó no ser un buen lugar para encontrar leña. Probaron en el otro lado del castillo, saliendo de la sala por una puertecita lateral que daba a un laberinto de montecillos y cavidades de piedra que en el pasado habían sido sin duda corredores y habitaciones más pequeñas, pero que ahora eran todo ortigas y escaramujos olorosos. Fuera encontraron una enorme abertura en la muralla del castillo y a través de ella penetraron en un bosque de árboles más oscuros y grandes en el que encontraron ramas secas, troncos podridos, palitos, hojas secas y piñas en abundancia. Fueron de un lado para otro con haces de leña hasta que tuvieron una buena pila sobre la grada. En el quinto viaje descubrieron el pozo, a las puertas de la sala, oculto entre la maleza, pero profundo y de aguas limpias y potables una vez que hubieron retirado todas las malas hierbas. Los restos de un pavimento de piedra lo rodeaban en parte. Luego las niñas salieron a por más manzanas, y los niños encendieron el fuego sobre la tarima y muy cerca de la esquina entre dos paredes, que consideraron el lugar más cómodo y cálido. Experimentaron grandes dificultades para encenderlo y utilizaron gran cantidad de cerillas, pero acabaron por conseguirlo. Finalmente, los cuatro se sentaron con la espalda vuelta hacia la pared y el rostro en dirección al fuego. Intentaron asar algunas manzanas en las puntas de unos palos; pero las manzanas asadas no son gran cosa sin azúcar, y están tan calientes que, para comerlas con los dedos, hay que esperar hasta que están demasiado frías para que valga la pena comerlas. De modo que tuvieron que contentarse con manzanas crudas, lo que, tal como Edmund dijo, hacía que uno se diera cuenta de

que, al fin y al cabo, las cenas del colegio no eran
tan malas.

—No me importaría tener una gruesa rebanada
de pan con margarina ahora mismo. ¡Estaría bue-
nísima! —añadió.

No obstante el espíritu aventurero empezaba a
despertar en todos ellos, y ninguno deseaba de
corazón regresar al colegio.

Poco después de que comieran la última manzana, Susan salió al pozo para tomar otro trago.
Cuando regresó llevaba algo en la mano.

—Mirad —dijo con una voz algo ahogada—, lo
encontré junto al pozo.

Se lo entregó a Peter y se sentó en el suelo. A los
demás les dio la impresión de que estaba a punto

de echarse a llorar. Edmund y Lucy se apresuraron a inclinarse al frente para ver lo que Peter tenía en la mano; era un objeto pequeño y brillante que relucía a la luz de la hoguera.

—¡Vaya por Dios! —exclamó Peter, y su voz también sonó extraña; a continuación entregó el objeto a sus hermanos.

Todos vieron entonces de qué se trataba: un pequeño caballo de ajedrez, normal de tamaño pero extraordinariamente pesado debido a que estaba hecho de oro macizo; y los ojos de la cabeza del animal eran dos diminutos rubíes, mejor dicho, uno lo era, porque el otro había desaparecido.

—¡Vaya! —dijo Lucy—. Es exactamente igual que una de las piezas de ajedrez con las que jugábamos cuando éramos reyes y reinas en Cair Paravel.

—Anímate, Su —dijo Peter a su otra hermana.

—No puedo evitarlo —respondió ella—. Me ha recordado... una época tan hermosa... Y recuerdo cómo jugaba al ajedrez con faunos y gigantes buenos, y los tritones que cantaban en el mar, y mi hermoso caballo... y... y...

—Bien —dijo entonces Peter con una voz bastante distinta—, es hora de que los cuatro empecemos a usar el cerebro.

—¿Por qué lo dices? —inquirió Edmund.

—¿Es que ninguno ha adivinado dónde estamos? —preguntó su hermano mayor.

—Sigue, sigue —dijo Lucy—. Hace horas que presiento que hay algún misterio maravilloso flotando en este lugar.

—Adelante, Peter —exigió Edmund—. Todos te escuchamos.

—Nos encontramos en las ruinas de Cair Paravel —respondió su hermano.

—Pero, oye —replicó Edmund—; quiero decir, ¿cómo has llegado a esa conclusión? Este lugar lleva en ruinas una eternidad. Mira todos esos árboles que crecen justo hasta las puertas. Fíjate en las piedras mismas. Cualquiera puede darse cuenta de que nadie ha vivido aquí en cientos de años.

—Lo sé —respondió Peter—. Ésa es la dificultad. Pero dejemos eso por el momento. Quiero ir punto por punto. Primer punto: esta sala tiene exactamente la misma forma y tamaño que la sala de Cair Paravel. Imaginaos simplemente cómo sería con techo y un pavimento de color en lugar de hierba, y con tapices en las paredes. Así tendréis nuestra sala de banquetes.

Nadie dijo nada.

—Segundo punto —continuó Peter—: el pozo del castillo está exactamente donde estaba nuestro pozo, un poco al sur del gran salón; y tiene exactamente el mismo tamaño y forma.

De nuevo no hubo respuesta.

—Tercer punto: Susan ha encontrado una de nuestras viejas piezas de ajedrez..., o algo que se parece a ellas como una gota de agua a otra.

Siguió sin obtener respuesta.

—Cuarto punto: ¿no os acordáis? Fue justo el día antes de que llegaran los embajadores del rey de Calormen. ¿No recordáis haber plantado el huerto frente a la puerta norte de Cair Paravel? El miembro más importante del pueblo de los bosques, la misma Pomona, vino a lanzar hechizos buenos sobre él. Fueron aquellos tipos tan decentes, los topos, los que se ocuparon de cavar. ¿Os habéis olvidado de aquel viejo y divertido *Guantes de Azucena*, el topo jefe, apoyado sobre su pala y diciendo: «Creedme, Majestad, algún día os alegraréis de tener estos árboles frutales»?

—¡Sí, lo recuerdo! ¡Lo recuerdo! —dijo Lucy, y empezó a dar palmas.

—Pero oye, Peter —intervino Edmund—. Eso no son más que bobadas. Para empezar, no plantamos el huerto pegado a la entrada. No habríamos sido tan idiotas.

—No, claro que no —respondió él—; pero ha crecido hasta las puertas desde entonces.

—Y otra cosa —siguió Edmund—. Cair Paravel no estaba en una isla.

—Sí, eso también me intriga. Pero estaba en una, cómo se llamaba, una península. Algo muy parecido a una isla. ¿No podría haberse convertido en una isla desde que estuvimos aquí? Podrían haber excavado un canal.

—Pero ¡espera un momento! —dijo Edmund—. No haces más que decir «desde que estuvimos aquí». Pero hace sólo un año que regresamos de Narnia. Y pretendes que en un año se hayan derrumbado castillos, crecido enormes bosques y que árboles pequeños que nosotros mismos vimos plantar se hayan convertido en un enorme y viejo manzanal... Es totalmente imposible.

—Una cosa —intervino Lucy—. Si esto es Cair Paravel debería existir una puerta al final de esta tarima. En realidad tendríamos que estar sentados con la espalda apoyada en ella en estos momentos. Ya sabéis; la puerta que descendía a la sala del tesoro.

—Supongo que no habrá puertas —dijo Peter, poniéndose en pie.

La pared que tenían a su espalda era una masa de enredaderas.

—Eso se averigua en seguida —anunció Edmund, tomando uno de los palos que tenían preparados para arrojar al fuego.

Empezó a golpear la pared de hiedra. *Toc, toc,* golpeó el bastón contra la piedra; y de nuevo, *toc, toc*; y luego, de repente, *bum, bum,* con un sonido muy distinto, un sonido hueco a madera.

—¡Válgame Dios! —exclamó.

—Tenemos que quitar todas estas enredaderas —anunció Peter.

—¡Vamos, dejémoslo en paz! —dijo Susan—. Podemos probarlo por la mañana. Si hemos de pasar la noche aquí no quiero una puerta abierta a mi espalda y un enorme agujero negro por el que pueda salir cualquier cosa, además de corrientes de aire y humedad. Y no tardará en oscurecer.

—¡Susan! ¿Cómo puedes? —reprendió Lucy, echándole una mirada de reproche.

Pero los dos muchachos estaban demasiado emocionados para hacer caso del consejo de Susan, y se pusieron a hurgar en las enredaderas con las manos y con la navaja de Peter hasta que ésta se rompió. Después, usaron la de Edmund. Pronto todo el lugar en el que habían estado sentados quedó cubierto de enredaderas; y finalmente se descubrió la puerta.

—Cerrada con llave, claro —dijo Peter.

—Pero la madera está toda podrida —indicó su hermano—. Podemos hacerla pedazos en un momento, y servirá de leña extra. Vamos.

Tardaron más de lo que esperaban y, antes de que terminaran, la gran sala se había vuelto oscura y una o dos estrellas habían hecho su aparición sobre sus cabezas. Susan no fue la única que sintió un ligero escalofrío mientras los niños permanecían de pie sobre el montón de madera astillada, limpiándose la suciedad de las manos y con la vista fija en la fría y oscura abertura que habían hecho.

—Ahora necesitamos una antorcha —dijo Peter.

—¿De qué servirá? —replicó Susan—. Y como dijo Edmund...

—Ahora no lo digo —interrumpió éste—. Todavía no lo entiendo, pero podemos resolver eso más tarde. Supongo que vas a bajar, ¿verdad, Peter?

—Debemos hacerlo. Ánimo, Susan. No sirve de nada comportarse como niños ahora que estamos de vuelta en Narnia. Aquí eres una reina. Y de todos modos, nadie podría dormir con un misterio como éste en la cabeza.

Intentaron utilizar palos largos como antorchas, pero no resultó. Si los sostenían con el extremo encendido hacia arriba se apagaban, y si los sostenían al revés les chamuscaban la mano y el humo les irritaba los ojos. Al final tuvieron que usar la linterna de Edmund; por suerte se la habían regalado hacía menos de una semana, por su cumpleaños, y la pila era casi nueva. Entró él primero, con la luz. Luego pasó Lucy, luego Susan, y Peter cerró la marcha.

—He llegado a lo alto de los escalones —anunció Edmund.

—Cuéntalos —pidió Peter.

—Uno, dos, tres —dijo Edmund, mientras descendía con cautela, y siguió hasta llegar a dieciséis—. Ya estoy abajo —les gritó.

—En ese caso realmente debe de ser Cair Paravel —declaró Lucy—. Había dieciséis.

No se volvió a decir nada más hasta que los cuatro se reunieron al final de la escalera. Entonces Edmund paseó la linterna despacio a su alrededor.

—¡Oooooh! —dijeron todos a la vez.

Pues entonces tuvieron la certeza de que aquélla era realmente la vieja cámara del tesoro de Cair Paravel, donde en una ocasión habían reinado como reyes y reinas de Narnia. Existía una especie de sendero en el centro —como podría haberlo en un invernadero—, y a lo largo de cada lado, de trecho en trecho, se alzaban preciosas armaduras, como caballeros custodiando los tesoros. Entre las armaduras, y a cada lado del sendero, había estantes repletos de cosas valiosas; collares, brazaletes, anillos, cuencos y bandejas de oro, largos colmillos de marfil, broches, diademas y cadenas de oro, y montones de piedras preciosas sin engastar apiladas como si fueran canicas o patatas: diamantes, rubíes, esmeraldas, topacios y amatistas. Bajo los estantes descansaban enormes cofres de roble reforzados con barras de hierro y asegurados con fuertes candados. Hacía un frío terrible, y reinaba tal silencio que oían su propia respiración, y los tesoros estaban tan cubiertos de polvo que, de no haberse dado cuenta de dónde se encontraban y recordado la mayoría de cosas, no habrían sabido que se trataba de tesoros. Había algo triste y un poco atemorizador en el lugar, debido a que todo parecía tan abandonado y antiguo. Fue por ese motivo por lo que nadie dijo nada durante al menos un minuto.

Luego, claro, empezaron a dar vueltas y a tomar cosas para mirarlas. Fue como encontrar a viejos amigos. De haber estado allí, uno habría escuchado cosas como: «¡Mirad! Nuestros anillos de coronación... ¿Recordáis la primera vez que llevamos esto?... Pero si éste es el pequeño broche que todos creíamos perdido... Vaya, ¿no es ésa la armadura que llevaste en el gran torneo de las Islas Solitarias?... ¿Recuerdas que el enano hizo esto para mí?... ¿Recuerdas cuando bebías en ese cuerno?... ¿Recuerdas, recuerdas?».

—Escuchad —dijo Edmund de repente—; no debemos malgastar la pila; más tarde podemos necesitarla. ¿No sería mejor que tomásemos lo que quisiéramos y volviésemos a salir?

—Tenemos que hacernos con los regalos —indicó Peter.

Mucho tiempo atrás, durante unas Navidades en Narnia, él, Susan y Lucy habían recibido ciertos regalos que valoraban más que todo su reino.

Edmund no había recibido ningún regalo porque no se encontraba con ellos en aquel momento; había sido culpa suya no estar allí, y el relato de lo sucedido aparece en otro libro.

Todos estuvieron de acuerdo con Peter y recorrieron el pasillo hasta la pared del fondo de la sala del tesoro, y allí, efectivamente, seguían colgados los regalos. El de Lucy era el más pequeño, pues se trataba únicamente de un frasquito, tallado en diamante en lugar de cristal, y estaba aún más que medio lleno del licor mágico que podía curar casi cualquier herida y enfermedad. Lucy no dijo nada y adoptó una expresión muy solemne mientras tomaba su regalo y se pasaba la bandolera por el hombro y volvía a sentir la botella junto a la cadera, donde acostumbraba a colgarla en los viejos tiempos. El regalo de Susan había sido un arco, unas flechas y un cuerno. El arco seguía allí, y también la aljaba de marfil, llena de flechas bien emplumadas, pero...

—¡Ven, Susan! —dijo Lucy—. ¿Dónde está el cuerno?

—¡Maldita sea, maldita sea, maldita sea! —exclamó Susan después de haberlo pensado unos instantes—. Ahora lo recuerdo. Lo llevaba conmigo el último día, el día en que fuimos a cazar el Ciervo Blanco. Debe de haberse perdido cuando sin querer regresamos al otro lugar; a Inglaterra, quiero decir.

Edmund lanzó un silbido. Desde luego se trataba de una pérdida terrible; pues era un cuerno encantado y, cada vez que uno lo hiciera sonar, recibiría ayuda, estuviera donde estuviera.

—Justo la clase de cosa que podría ser de utilidad en un lugar como éste —comentó Edmund.

—No importa —repuso Susan—. Todavía tengo el arco. —Y se hizo con él.

—¿No se habrá estropeado la cuerda, Su? —preguntó Peter.

Pero tanto si era debido a la magia que flotaba en el aire de la cámara del tesoro como si no, el arco seguía en perfecto estado. El tiro al arco y la natación eran las dos cosas en las que Susan era experta. No tardó ni un momento en doblar el arco y dar un leve tirón a la cuerda. Ésta chasqueó con un tañido gorjeante que vibró por toda la habitación. Y aquel ruidito devolvió los viejos tiempos a las mentes de los niños más que cualquier otra cosa que hubiera sucedido hasta entonces. Todas las batallas, cacerías y banquetes regresaron de golpe a su memoria.

Luego la niña destensó el arco otra vez y se colgó la aljaba al costado.

A continuación, Peter tomó su regalo; el escudo

con el gran león rojo en él, y la espada real. Sopló sobre ellos y les dio golpecitos contra el suelo para eliminar el polvo, luego se encajó el escudo en el brazo y se colgó la espada al costado. En un principio temió que el arma pudiera estar oxidada y se enganchara a la vaina; pero no fue así. Con un veloz gesto la desenvainó y la sostuvo en alto, brillando a la luz de la linterna.

—Es mi espada *Rhindon* —dijo—, con la que maté al lobo.

Había un nuevo tono en su voz, y todos los demás sintieron que realmente era Peter el Sumo Monarca otra vez. Luego, tras una corta pausa, todos recordaron que debían ahorrar pila.

Volvieron a subir la escalera e hicieron una buena hoguera y se acostaron pegados los unos a los otros para mantenerse calientes. El suelo era muy duro e incómodo, pero acabaron por dormirse.

CAPÍTULO 3

El enano

Lo peor de dormir al aire libre es que uno se despierta terriblemente temprano. Y cuando uno se despierta tiene que levantarse porque el suelo es tan duro que resulta muy incómodo. Además, empeora mucho las cosas que no haya nada más que manzanas como desayuno y que uno tampoco haya tenido otra cosa que manzanas en la cena de la noche anterior. Una vez que Lucy dijo —sin faltar a la verdad— que era una mañana espléndida, no pareció que hubiera ninguna otra cosa agradable que mencionar. Edmund expresó lo que todos sentían.

—Tenemos que salir de esta isla.

Después de que hubieran bebido en el pozo y se hubieran lavado la cara, volvieron a bajar hasta la playa siguiendo el arroyo, y una vez allí contemplaron fijamente el canal que los separaba del continente.

—Tendremos que nadar —declaró Edmund.

—Eso no será un problema para Su —dijo Peter, pues su hermana había ganado trofeos de natación en la escuela—. Pero no sé cómo nos irá al resto.

Al decir «el resto» se refería realmente a Edmund, que aún no era capaz de efectuar dos largos en la piscina de la escuela, y a Lucy, que apenas sabía nadar.

—De todos modos —repuso Susan—, podría haber corrientes. Papá dice que no es sensato bañarse en lugares que uno no conoce.

—Pero, oye, Peter —intervino Lucy—. Ya sé que soy incapaz de nadar en casa; en Inglaterra, quiero decir. Pero ¿acaso no sabíamos nadar hace mucho tiempo, si es que eso fue hace mucho tiempo, cuando éramos reyes y reinas en Narnia? Entonces sabíamos montar a caballo también, y hacer toda clase de cosas. ¿No crees que...?

—Ah, pero entonces era como si fuéramos adultos —contestó Peter—. Reinamos durante años y años y aprendimos a hacer cosas. Sin embargo, ¿acaso no hemos regresado ya a nuestras edades reales de verdad?

—¡Oh! —dijo Edmund con una voz que hizo que todos dejaran de hablar y le prestaran atención.

—Acabo de comprenderlo todo —anunció.

—¿Comprender qué? —preguntó Peter.

—Pues, todo —respondió él—. Ya sabéis lo que nos desconcertaba anoche, que hace sólo un año que abandonamos Narnia y sin embargo parece como si nadie hubiera vivido en Cair Paravel durante cientos de años. Bien, ¿no os dais cuenta? Ya sabéis que, por mucho tiempo que pareciera que habíamos vivido en Narnia, cuando regresamos por el armario parecía que no hubiera transcurrido ni un minuto.

—Sigue —dijo Susan—. Creo que empiezo a comprender.

—Y eso significa —prosiguió Edmund— que, una vez que estás fuera de Narnia, no tienes ni idea de cómo funciona el tiempo narniano. ¿Por qué no podrían haber transcurrido cientos de años en Narnia mientras que sólo ha pasado un año para nosotros en casa?

—Diablos, Ed —dijo Peter—, has dado en el clavo. En ese sentido realmente han transcurrido cientos de años desde que vivimos en Cair Paravel. ¡Y ahora regresamos a Narnia igual que si fuéramos cruzados o anglosajones o antiguos britanos o alguien que regresara a la moderna Gran Bretaña!

—Qué entusiasmados estarán de vernos... —empezó Lucy.

Pero en ese mismo instante todos los demás dijeron: «¡Silencio!» o «¡Cuidado!», pues algo sucedía en aquel momento.

Había un promontorio arbolado en tierra firme un poco a su derecha, y todos estaban seguros de que al otro lado se hallaba la desembocadura del río. Y entonces, rodeando el cabo apareció un bote. Una vez que hubo dejado atrás el promontorio, la embarcación giró y empezó a avanzar por el canal en dirección a ellos. Había dos personas a bordo; una remaba, la otra estaba sentada en la popa y sujetaba un bulto que se retorcía y movía como si estuviera vivo. Las dos personas parecían soldados. Llevaban cascos de metal y ligeras cotas de malla. Ambos soldados tenían barba y mostraban una expresión torva. Los niños retrocedieron desde la playa al interior del bosque y observaron totalmente inmóviles.

—Esto servirá —dijo el soldado situado en la popa cuando el bote quedó aproximadamente frente a ellos.

—¿Y si le atamos una piedra a los pies, cabo? —preguntó el otro, descansando sobre los remos.

—¡Bah! —gruñó el aludido—. No es necesario, además, no hemos traído piedras. Se ahogará igualmente sin una piedra, siempre y cuando hayamos atado bien las cuerdas.

Dicho aquello se levantó y alzó el fardo. Peter se dio cuenta entonces de que era algo vivo; se trataba de un enano, atado de pies y manos, pero que forcejeaba con todas sus fuerzas. Al cabo de un instante sonó un chasquido junto a su oreja, y de repente el soldado alzó los brazos, soltando al enano sobre el suelo del bote, y cayó al agua. El hombre vadeó como pudo hasta la orilla opuesta y Peter comprendió que la flecha de Susan le había dado en el casco. Volvió la cabeza y vio que su hermana estaba muy pálida pero colocando ya una segunda flecha en la cuerda. Sin embargo, no llegó a usarla. En cuanto vio caer a su compañero, el otro soldado, con un fuerte grito, saltó del bote por el lado opuesto, y también vadeó por el agua, cuya profundidad aparentemente no era mayor que su propia altura, desapareciendo entre los árboles de tierra firme.

—¡Rápido! ¡Antes de que se marche a la deriva! —gritó Peter.

Él y Susan, vestidos como estaban, se zambulleron en el agua, y antes de que ésta les llegara a los hombros, sus manos sujetaron el borde de la embarcación. En unos segundos ya habían conseguido arrastrarla hasta la orilla y sacar al enano, y Edmund se hallaba ocupado en cortar las ligaduras con su navaja. Desde luego la espada de Peter estaba más afilada, pero una espada resulta muy incómoda para esa clase de tarea porque no se la puede sujetar por ninguna parte que esté situada por debajo de la empuñadura. Cuando el enano quedó por fin libre, se incorporó, se frotó brazos y piernas, y exclamó:

—Bueno, digan lo que digan, desde luego no parecéis fantasmas.

Como la mayoría de enanos, era muy rechoncho y de pecho corpulento. Habría medido apenas un metro de haber estado de pie, y una barba y unas patillas inmensas de áspero cabello rojo no dejaban ver gran cosa del rostro a excepción de una nariz ganchuda y unos centelleantes ojos negros.

—De todos modos —prosiguió—, fantasmas o no, me habéis salvado la vida y os estoy muy agradecido.

—Pero ¿por qué tendríamos que ser fantasmas? —preguntó Lucy.

—Toda mi vida me han dicho —explicó el enano— que estos bosques situados a lo largo de la orilla estaban tan llenos de fantasmas como de árboles. Eso es lo que se cuenta. Y por eso, cuando quieren deshacerse de alguien, acostumbran a traerlo aquí, tal como hacían conmigo, y dicen que se lo dejarán a los fantasmas. Pero siempre me pregunté si no los ahogarían o les cortarían el cuello. Nunca creí del todo en los fantasmas. Pero esos dos cobardes a los que acabáis de disparar sí que creían. ¡Les asustaba más conducirme a la muerte que a mí ir a ella!

—Vaya —dijo Susan—; de modo que por eso huyeron los dos.

—¿Eh? ¿Qué quieres decir con eso? —inquirió el enano.

—Huyeron —contestó Edmund—. A tierra firme.

—No disparaba a matar, ¿sabes? —explicó Susan.

A la niña no le habría gustado que nadie pensara que podía errar el disparo a tan poca distancia.

—Hum —dijo el enano—. No me gusta mucho; puede traerme problemas más adelante. A menos que se muerdan la lengua por su propio bien.

—¿Por qué te iban a ahogar? —preguntó Peter.

—Soy un criminal peligroso, eso es lo que soy —respondió él alegremente—. Pero eso es una larga historia. Entretanto, me preguntaba si podríais ofrecerme algo de desayunar. No tenéis ni idea del apetito que despierta en uno eso de ser ejecutado.

—Sólo hay manzanas —repuso Lucy, entristecida.

—Mejor que nada, pero no tan bueno como el pescado fresco —dijo el enano—. Parece que tendré que ser yo quien os ofrezca el desayuno. Vi aparejos de pescar en ese bote. Y, de todos modos, tenemos que llevarlo al otro lado de la isla. No queremos que nadie de tierra firme venga por aquí y lo vea.

—Tendría que haberlo pensado yo también —dijo Peter.

Los cuatro niños y el enano bajaron hasta la orilla, empujaron el bote al agua con ciertas dificultades, y se introdujeron en él. El enano tomó el mando al instante. Evidentemente, los remos resultaban demasiado grandes para que él pudiera usarlos, de modo que Peter remó y el enano gobernó la embarcación dirigiéndola al norte a lo largo del canal y luego al este rodeando la punta de la isla. Desde allí los niños pudieron ver directamente río arriba, y todas las bahías y cabos de la costa situada más allá. Les pareció reconocer partes de ella, pero los bosques, que habían crecido desde su estancia allí, hacían que todo tuviera un aspecto distinto.

Una vez que hubieron dado la vuelta y salido a mar abierto en el lado este de la isla, el enano se puso a pescar. Realizaron una excelente captura de pavenders, un hermoso pez con los colores del arco iris que todos recordaban haber comido en Cair Paravel en los viejos tiempos. Cuando hubieron capturado suficientes, introdujeron el bote en una pequeña cala y lo amarraron a un árbol. El enano, que era una persona muy competente (y, si hay que ser sincero, a pesar de que uno pueda tropezarse con enanos malos, jamás he oído decir de ninguno que fuera tonto), limpió el pescado y dijo:

—Ahora, lo siguiente que necesitamos es un poco de leña.

—Tenemos en el castillo —indicó Edmund.

—¡Barbas y bigotes! —exclamó—. ¿Así que realmente existe un castillo?

—No son más que unas ruinas —explicó Lucy.

El enano paseó la mirada por los cuatro con una expresión muy curiosa en el rostro.

—Y ¿quién diablos...? —empezó, pero luego se interrumpió y siguió—: No importa. El desayuno primero. Pero una cosa antes de que sigamos. ¿Podéis poneros la mano sobre el corazón y decirme que estoy vivo de verdad? ¿Estáis seguros de que no me ahogué y somos todos fantasmas?

Una vez que lo hubieron tranquilizado al respecto, la siguiente cuestión fue cómo transportar el pescado. No tenían nada para ensartarlo ni tampoco un cesto, y finalmente se vieron obligados a utilizar el sombrero de Edmund porque nadie más llevaba sombrero. El niño habría protestado mucho más de no haber tenido un hambre canina.

Al principio el enano no parecía muy cómodo en el castillo, y se dedicó a mirar a su alrededor y a olisquear mientras decía:

—Hum. Parece un poco fantasmal después de todo. También huele a fantasmas.

Pero se animó cuando llegó el momento de encender el fuego y mostrarles cómo asar los pavenders recién pescados sobre las brasas. Comer pescado caliente sin tenedores, y con una sola navaja para cinco personas, resulta bastante tosco, y hubo varios dedos quemados antes de que finalizara la comida; pero, como ya eran las nueve y llevaban levantados desde las cinco, a nadie le importaron las quemaduras tanto como podría haberse esperado. Cuando todos hubieron puesto fin a la comida con un buen trago de agua del pozo y una manzana o dos, el enano sacó una pipa casi del tamaño de su propio brazo, la llenó, la encendió, echó una enorme bocanada de humo aromático, y declaró:

—Magnífico.

—Cuéntanos tu historia primero —pidió Peter—. Y luego te contaremos la nuestra.

—Bien —repuso él—, puesto que me habéis salvado la vida, es justo que se haga a vuestro modo. Pero apenas sé por dónde empezar. En primer lugar soy un mensajero del rey Caspian.

—¿Quién es? —preguntaron cuatro voces a la vez.

—Caspian X, rey de Narnia, ¡y que por muchos años reine! —respondió el enano—. Es decir, debería ser el rey de Narnia y confiamos en que algún día lo sea. En la actualidad sólo es rey de todos nosotros, los viejos narnianos...

—¿Qué quieres decir con «viejos» narnianos, por favor? —preguntó Lucy.

—Bueno, pues lo que somos —contestó el enano—. Somos una especie de sublevación, supongo.

—Entiendo —dijo Peter—. Y Caspian es el viejo narniano en jefe.

—Bueno, si es que se le puede llamar así —respondió el enano, rascándose la cabeza—. Pero él es en realidad un nuevo narniano, un telmarino, no sé si me comprendéis.

—Yo no —dijo Edmund.

—Es peor que la guerra de las Dos Rosas —se quejó Lucy.

—Cielos —dijo el enano—, lo estoy haciendo muy mal. Mirad: creo que tendré que retroceder hasta el principio y contaros cómo el príncipe Caspian se crió en la corte de su tío y cómo se puso de nuestro lado. Pero será una larga historia.

—Mucho mejor —dijo Lucy—. Nos encantan las historias.

Así pues, el enano se acomodó y relató su historia. No la narraré con sus propias palabras, incluyendo todas las preguntas e interrupciones de los niños, porque tomaría mucho tiempo y resultaría confusa e, incluso así, excluiría algunos aspectos que los niños únicamente averiguaron más adelante. Pero la esencia del relato, tal como lo conocieron al final, fue la siguiente:

CAPÍTULO 4

El enano habla
del príncipe Caspian

El príncipe Caspian vivía en un gran castillo en el centro de Narnia con su tío, Miraz, el rey de Narnia, y su tía, que era pelirroja y por lo tanto recibía el nombre de reina Prunaprismia. Su padre y su madre habían muerto y la persona a la que Caspian más quería era su aya y, aunque, por ser un príncipe, tenía juguetes maravillosos capaces de hacer casi cualquier cosa excepto hablar, lo que más le gustaba era la última hora del día, cuando los juguetes habían vuelto a sus alacenas y el aya le contaba cuentos.

No sentía un cariño especial por sus tíos, pero unas dos veces por semana su tío enviaba a buscarlo y paseaban juntos durante media hora por la terraza situada en el lado sur del castillo. Un día, mientras lo hacían, el rey le dijo:

—Bueno, muchacho, pronto tendremos que enseñarte a montar y a usar una espada. Ya sabes que tu tía y yo no tenemos hijos, de modo que podrías ser rey cuando yo no esté. ¿Qué te parecería eso, eh?

—No lo sé, tío.

—No lo sabes ¿eh? —dijo Miraz—. Vaya, pues creo que no hay nada mejor. ¿¡Qué otra cosa podrías desear!?

—Pues la verdad es que sí tengo un deseo —repuso Caspian.

—¿Qué deseas?

—Desearía, desearía, desearía haber podido vivir en los Viejos Tiempos —respondió él, que no era más que un chiquillo por aquella época.

Hasta aquel momento el rey Miraz había estado hablando en el tono tedioso típico de algunos adultos, que deja bien claro que en realidad no están nada interesados en lo que uno dice, pero entonces, al oír aquello, dirigió repentinamente a Caspian una mirada aguda.

—¿Eh? ¿Qué es eso? —preguntó—. ¿A qué «Viejos Tiempos» te refieres?

—¿No lo sabes, tío? —respondió Caspian—. Pues a cuando todo era muy distinto. Cuando todos los animales hablaban y había unas gentes muy simpáticas que vivían en los arroyos y los árboles. Náyades y dríadas, se llamaban. Y había

enanos. Y vivían faunos ado-
rables en todos los bosques, que
tenían patas como las de las cabras. Y...

—Son todas tonterías, ¡cosas de
niños pequeños! —dijo el rey con severidad—. Sólo apropiadas para bebés, ¿me oyes?
¡Ya eres mayor para esa clase de cosas! A tu edad
deberías estar pensando en batallas, no en cuentos de hadas.

—Pero si en aquellos días había batallas y aventuras —protestó Caspian—. Aventuras maravillo-
sas. Una vez existió una Bruja Blanca que se nombró a sí misma reina de todo el país. E hizo que
fuera siempre invierno. Y entonces dos niños y
dos niñas vinieron de no se sabe dónde y mataron
a la bruja y los nombraron reyes y reinas de
Narnia, y sus nombres eran Peter, Susan, Edmund y Lucy. Y reinaron durante mucho tiempo
y todo el mundo lo pasó maravillosamente, y
todo sucedió porque Aslan...

—¿Quién es él? —inquirió Miraz.

Y si Caspian hubiera sido un poco mayor, el tono de la voz de su tío le habría advertido de que era más sensato callarse; pero siguió hablando sin pensar.

—¿Tampoco lo sabes? Aslan es el gran león procedente del otro lado del mar.

—¿Quién te ha contado todas estas tonterías? —tronó el monarca, y Caspian se asustó y no respondió.

—Alteza Real —dijo el rey Miraz, soltando la mano del niño, que había estado sujetando hasta entonces—, insisto en tener una respuesta. Mírame a la cara. ¿Quién te ha contado esa sarta de mentiras?

—El... el aya —titubeó Caspian, y prorrumpió en lágrimas.

—Deja de hacer ese ruido —ordenó su tío, sujetando a Caspian por los hombros y zarandeándolo—. Para. Y que no vuelva a encontrarte hablando, o pensando siquiera, en todos esos cuentos estúpidos. No existieron nunca esos reyes y reinas. ¿Cómo podía haber dos reyes al mismo tiempo? Y no hay nadie llamado Aslan. Y no existen seres tales como leones. Y no hubo jamás un tiempo en que los animales hablaran. ¿Me oyes?

—Sí, tío —sollozó Caspian.

—Entonces, no se hable más —dijo el rey.

A continuación llamó a uno de los gentilhombres de cámara que estaban en el otro extremo de la terraza y ordenó con voz impasible:

—Conduce a su Alteza Real a sus aposentos y di al aya de su Alteza Real que venga a verme INMEDIATAMENTE.

Al día siguiente Caspian descubrió qué cosa tan terrible había hecho, pues habían echado al aya sin siquiera permitirle que se despidiera de él, y le comunicaron que iba a tener un tutor.

Caspian echó mucho de menos a su aya y derramó muchas lágrimas; y debido a que se sentía tan desdichado, pensó en las viejas historias sobre Narnia mucho más que antes. Soñó con enanos y dríadas cada noche y se esforzó por conseguir que los perros y gatos del castillo le hablaran; pero los perros se limitaron a menear la cola y los gatos a ronronear.

Caspian estaba seguro de que odiaría al nuevo tutor, pero cuando éste llegó aproximadamente una semana después resultó ser la clase de persona que es casi imposible que a uno no le caiga bien. Era el hombre más pequeño (y también más gordo) que Caspian había visto en su vida. Tenía una larga barba plateada y puntiaguda que le llegaba hasta la cintura, y el rostro, que era moreno y cubierto de arrugas, parecía muy sabio, muy feo y muy bondadoso. Su voz era solemne y los ojos chispeantes, de modo que, hasta que uno no llegaba a conocerlo realmente bien, resultaba difícil saber cuándo bromeaba y cuándo hablaba en serio. Su nombre era doctor Cornelius.

De todas sus clases con el doctor Cornelius, la que gustaba más a Caspian era la de Historia. Hasta aquel momento, a excepción de los relatos de su aya, no había sabido nada sobre la historia de Narnia, y se sintió muy sorprendido cuando averiguó que la familia real no era oriunda del país.

—Fue el antepasado de Su Alteza, Caspian I —dijo el doctor Cornelius—, quien conquistó Narnia y la convirtió en su reino. Fue él quien llevó a toda vuestra nación al país. No sois narnianos nativos, ¡en absoluto! Sois telmarinos, es decir, todos vinisteis de la Tierra de Telmar, situada mucho más allá de las Montañas Occidentales. Por eso Caspian I recibe el nombre de Caspian el Conquistador.

—Por favor, doctor Cornelius —rogó Caspian un día—, ¿quién vivía en Narnia antes de que llegáramos todos nosotros desde Telmar?

—En Narnia no vivían hombres, o eran muy pocos, antes de que los telmarinos la conquistaran —respondió él.

—Entonces ¿quién vencieron mis tatara-tatara-tatarabuelos?

—*A quién*, no *quién*, Alteza —respondió el doctor Cornelius—. Tal vez sea hora de pasar de la Historia a la Gramática.

—Aún no, por favor —dijo Caspian—. Quiero decir, ¿no hubo una batalla? ¿Por qué le llaman Caspian el Conquistador si no había nadie para pelear con él?

—Dije que había muy pocos «hombres» en Narnia —repuso el doctor, mirando al pequeño de un modo muy extraño a través de sus enormes anteojos.

Por un instante el niño se quedó perplejo y luego, repentinamente, el corazón le dio un vuelco.

—Quieres decir —dijo con voz entrecortada— ¿qué había otras criaturas? ¿Quieres decir que fue como en las historias? ¿Había...?

—¡Silencio! —dijo el doctor Cornelius, acercando mucho la cabeza a la de Caspian—. Ni una palabra más. ¿Acaso no sabes que a tu aya la echaron por hablarte de la Vieja Narnia? Al rey no le gusta. Si descubriera que te cuento secretos, te azotaría y a mí me cortarían la cabeza.

—Pero ¿por qué?

—Ya es hora de que empecemos con la Gramática —dijo el doctor Cornelius en voz alta—. ¿Querrá Su Alteza Real abrir la obra de Pulverulentus Siccus por la página cuatro de su *Jardín gramático o el emparrado del accidente gramatical gratamente revelado a mentes tiernas*?

Tras aquello todo fueron sustantivos y verbos hasta la hora del almuerzo, pero no creo que Caspian aprendiera gran cosa. Se sentía demasiado emocionado. Estaba seguro de que el doctor Cornelius no le habría contado tanto si no tuviera la intención de contarle más cosas tarde o temprano.

En eso no se vio decepcionado. Unos cuantos días después, su tutor dijo:

—Esta noche os daré una clase de Astronomía. En plena noche dos nobles planetas, Tarva y Alambil, pasarán a menos de un grado el uno del otro. Tal conjunción no se ha dado en doscientos años, y Su Alteza no vivirá para volver a verla. Será mejor si os acostáis un poco antes que de costumbre. Cuando se acerque el momento de la conjunción iré a despertaros.

Aquello no parecía tener nada que ver con la Vieja Narnia, que era de lo que Caspian realmente quería oír hablar, pero levantarse en plena noche siempre resulta interesante, y se sintió moderadamente complacido. Cuando se acostó, en un principio pensó que no conseguiría dormirse; pero no tardó en hacerlo y apenas parecía que hubieran transcurrido unos minutos cuando sintió que alguien lo zarandeaba con suavidad.

Se sentó en la cama y vio que la luz de la luna inundaba la habitación. El doctor Cornelius, embozado en un manto con capucha y sosteniendo un pequeño farol en la mano, se hallaba de pie junto al lecho. Caspian recordó al instante lo que iban a hacer. Se levantó y se puso algo de ropa. A pesar de que era una noche de verano sentía más frío del que había esperado y más bien se alegró cuando el doctor lo cubrió con un manto como el suyo y le dio un par de cálidos y suaves borceguíes para los pies. Al cabo de un instante, embozados ambos de modo que apenas pudieran verlos en los oscuros corredores, y también calzados de manera que no hicieran casi ruido, maestro y pupilo abandonaron la habitación.

Caspian recorrió junto al maestro gran número

de pasillos y ascendieron varios tramos de escalera. Por fin, tras cruzar un puertecita de un torreón, salieron al parapeto. A un lado estaban las almenas; al otro, un tejado empinado; a sus pies, imprecisos y relucientes, los jardines del castillo; sobre sus cabezas, las estrellas y la luna. Al poco tiempo llegaron a otra puerta que conducía al interior de la gran torre central del castillo; el doctor Cornelius la abrió con una llave e iniciaron el ascenso por la oscura escalera de caracol de la torre. Caspian se sentía cada vez más emocionado; jamás le habían permitido subir por aquella escalera.

La ascensión fue larga y empinada, pero cuando salieron al tejado de la torre y hubo recuperado el aliento, Caspian sintió que había valido la pena. Lejos, a su derecha, podía distinguir, con bastante claridad, las Montañas Occidentales. A su izquierda centelleaba el Gran Río, y todo estaba tan silencioso que se oía el sonido de la cascada en el Dique de los Castores, a casi dos kilómetros de distancia. No hubo ninguna dificultad para distinguir los dos astros que habían ido a ver, pues se hallaban bastante bajos en el cielo meridional, casi tan brillantes como dos pequeñas lunas y muy juntas.

—¿Chocarán? —preguntó con voz atemorizada.

—Ni por asomo, querido príncipe —respondió

el doctor, hablando también en susurros—. Los grandes señores del cielo superior conocen los pasos de su danza demasiado bien para eso. Miradlos bien. Su encuentro es afortunado y significa algún gran bien para el triste reino de Narnia. Tarva, el Señor de la Victoria, saluda a Alambil, la Señora de la Paz. Ahora están llegando a su máxima aproximación.

—Es una lástima que ese árbol quede en medio —observó Caspian—. Realmente lo veríamos mejor desde la Torre Oeste, aunque no sea tan alta.

El doctor Cornelius no dijo nada durante unos dos minutos, pues se limitó a permanecer con los ojos fijos en Tarva y Alambil. Luego aspiró con fuerza y se volvió hacia Caspian.

—Ya está —dijo—. Habéis visto lo que ningún hombre vivo hoy en día ha visto, ni volverá a ver. Y tenéis razón. Lo habríamos visto mejor desde la torre más pequeña. Os traje aquí por otro motivo.

El príncipe alzó los ojos hacia él, pero la capucha le ocultaba al doctor la mayor parte del rostro.

—La ventaja de esta torre —dijo el doctor Cornelius—, es que tenemos seis habitaciones vacías por debajo de nosotros, y una larga escalera; y que la puerta del final de la escalera está cerrada con llave. Nadie puede escucharnos.

—¿Me vas a contar lo que no quisiste contarme el otro día? —inquirió Caspian.

—Así es —respondió él—. Pero recordad: vos y yo jamás debemos hablar de estas cosas excepto aquí, en lo más alto de la Gran Torre.

—No. Lo prometo. Pero sigue, por favor.

—Escuchad —dijo el doctor—. Todo lo que habéis oído sobre la Vieja Narnia es cierto. No es el país de los hombres. Es el país de Aslan, el país de los árboles vigilantes y las náyades visibles, de los faunos y los sátiros, de los enanos y los gigantes, de los dioses y los centauros, de las bestias parlantes. Contra ellos fue contra quienes luchó el primer Caspian. Sois vosotros, los telmarinos, quienes silenciasteis a las bestias, los árboles y los manantiales, y los que matasteis y expulsasteis a los enanos y los faunos, e intentáis ahora ocultar incluso su recuerdo.

—Cómo deseo que no lo hubiéramos hecho —repuso Caspian—. Y me alegro de que fuera todo verdad, incluso aunque ya no exista.

—Muchos de los de vuestra raza lo desean en secreto —replicó el doctor Cornelius.

—Pero, doctor, ¿por qué dices «mi» raza? Al fin y al cabo, supongo que también eres telmarino.

—¿Ah, sí?

—Bueno, lo que está claro es que eres un hombre —dijo Caspian.

—¿Ah, sí? —repitió el doctor en una voz más grave, al tiempo que se echaba hacia atrás la capucha para que Caspian pudiera ver su rostro con claridad a la luz de la luna.

Inmediatamente el niño comprendió la verdad y sintió que debería haberse dado cuenta mucho antes. El doctor Cornelius era diminuto y gordo, y tenía una barba larguísima. Dos pensamientos pasaron por su cabeza al mismo tiempo. Uno fue de terror: «No es un hombre, ¡qué va a ser un hombre!, es un *enano*, y me ha traído aquí arriba para matarme». El otro fue de auténtico regocijo: «Todavía existen auténticos enanos, y he visto uno por fin».

—De modo que al final lo habéis adivinado —dijo el doctor Cornelius—. O «casi» lo habéis adivinado. No soy un enano puro. También tengo sangre humana. Muchos enanos escaparon durante las grandes batallas y sobrevivieron, afeitándose las barbas y llevando zapatos de tacón alto para fingir ser hombres. Se han mezclado con vuestros telmarinos. Yo soy uno de ellos, sólo un medio enano, y si algunos de mis parientes, los auténticos enanos, siguen vivos en alguna parte del mundo, sin duda me despreciarían y me llamarían traidor. Pero jamás en todos estos años hemos olvidado a nuestra gente y a todas las otras criaturas felices de Narnia, ni los hace tiempo perdidos días de libertad.

—Lo... lo siento, doctor —dijo Caspian—. No fue culpa mía, ya lo sabes.

—No os cuento estas cosas para echaros la culpa, querido príncipe —respondió él—. Podríais muy bien preguntar por qué os las cuento al fin y al cabo. Pero tengo dos motivos. En primer lugar, porque mi viejo corazón ha cargado con estos recuerdos secretos durante tanto tiempo que el dolor resulta insoportable y estallaría si no pudiera contároslos. Pero en segundo lugar, por este otro: para que cuando seáis rey podáis ayudarnos, pues sé que también vos, a pesar de ser un telmarino, amáis las cosas de antaño.

—Claro que sí, claro que sí —afirmó Caspian—. Pero ¿cómo puedo ayudar?

—Podéis mostraros bondadoso con los pobres restos del pueblo enano, como yo mismo. Podéis reunir magos sabios e intentar encontrar un modo de despertar otra vez a los árboles. Podéis buscar por todos los rincones y lugares salvajes del país para averiguar si quedan aún faunos, bestias parlantes o enanos ocultos en alguna parte.

—¿Crees que queda alguno? —preguntó Caspian con avidez.

—No lo sé..., no lo sé —respondió él con un profundo suspiro—. A veces temo que no pueda ser. Llevo toda la vida buscando rastros de ellos. En ocasiones me ha parecido escuchar un tambor enano en las montañas. A veces de noche, en los bosques, me parece vislumbrar faunos y sátiros que bailan a lo lejos; pero cuando llego al lugar, nunca hay nadie. He desesperado a menudo; pero siempre sucede algo que me devuelve la esperanza. No lo sé. Pero al menos vos podéis intentar ser un rey como el Sumo Monarca Peter de la antigüedad, y no como vuestro tío.

—Entonces ¿es cierto lo de los reyes y reinas también, y lo de la Bruja Blanca?

—Naturalmente que es cierto —respondió Cornelius—. Su reinado fue la Edad de Oro de Narnia, y este mundo no los ha olvidado jamás.

—¿Vivían en este castillo, doctor?

—No, hijo mío —respondió el anciano—. Este castillo es una construcción moderna. Tu tatara-tatarabuelo lo construyó. Pero cuando Aslan en persona nombró a los dos Hijos de Adán y las dos Hijas de Eva reyes y reinas de Narnia, la residencia de los monarcas estaba en el castillo de Cair Paravel. Ningún hombre vivo ha contemplado ese lugar bendito y tal vez incluso sus ruinas hayan desaparecido ya; pero creemos que se encontraba lejos de aquí, abajo, en la desembocadura del Gran Río, en la misma orilla del mar.

—¡Uf! —dijo Caspian con un estremecimiento—. ¿Quieres decir en los Bosques Negros? ¿Dónde viven todos los... los..., ya sabes, los fantasmas?

—Su Alteza habla tal como le han enseñado —respondió el doctor—; pero son todo mentiras. No hay fantasmas allí. Eso es un cuento inventado por los telmarinos. Vuestros reyes tienen pavor al mar porque les es imposible olvidar que en todos los relatos Aslan viene del otro lado del mar. No quieren acercarse a él y no quieren que nadie se acerque a él, y por eso han dejado que los bosques crezcan, para así aislar a su gente de la costa. Pero debido a que se han enemistado con los árboles, temen a los bosques; y puesto que temen a los bosques imaginan que están llenos de fantasmas. Y los reyes y nobles, puesto que odian tanto el mar como el bosque, en parte creen esas historias, y en parte las alientan. Se sienten más seguros si nadie en Narnia se atreve a bajar a la costa y a mirar el mar, en dirección al país de Aslan y el alba y el extremo oriental del mundo.

Se produjo un profundo silencio entre ellos durante unos minutos. Luego el doctor Cornelius siguió:

—Vamos. Hemos estado aquí demasiado tiempo. Es hora de bajar e irse a dormir.

—¿Debemos hacerlo? —protestó Caspian—. Me gustaría seguir hablando de estas cosas durante horas y más horas.

—Si hiciéramos eso alguien podría empezar a buscarnos —advirtió su tutor.

CAPÍTULO 5

La aventura de Caspian en las montañas

Después de aquello, Caspian y su tutor mantuvieron muchas más conversaciones secretas en lo alto de la Gran Torre, y con cada conversación Caspian aprendía más cosas sobre la Vieja Narnia, de modo que pensar y soñar en los Viejos Tiempos, y anhelar que regresaran, ocupaban casi todo su tiempo libre. Aunque desde luego no le sobraban demasiadas horas, pues su educación empezaba a ir ya muy en serio. Aprendió esgrima y equitación, natación y buceo, a disparar con arco y a tocar la flauta y la tiorba, que era una especie de laúd, a cazar el ciervo y a descuartizarlo una vez muerto, además de Cosmografía, Retórica, Heráldica, Versificación y, desde luego, Historia, con un poco de Derecho, Física, Alquimia y Astronomía. En cuanto a la magia, aprendió únicamente la teoría, pues el doctor Cornelius dijo que la parte práctica no era estudio adecuado para príncipes.

—Y yo mismo —añadió—, sólo soy un mago muy deficiente y puedo realizar apenas los experimentos más sencillos.

En lo referente a navegación, que, en palabras del doctor, «es un arte noble y heroico», no se le enseñó nada, porque el rey Miraz desaprobaba los barcos y el mar.

Aprendió también muchas cosas usando sus propios ojos y oídos. De pequeño a menudo se había preguntado por qué sentía antipatía por su tía, la reina Prunaprismia; comprendió entonces que se debía a que ella le tenía aversión. También empezó a darse cuenta de que Narnia era un país desdichado. Los impuestos eran elevados; las leyes, severas, y Miraz, un hombre cruel.

Al cabo de unos años llegó un día en que la reina pareció enfermar y se produjo un gran revuelo y alboroto a su alrededor en el castillo y llegaron doctores y murmuraron los cortesanos. Aquello sucedió a principios del estío; y una noche, mientras proseguía toda aquella agitación, Caspian se vio despertado inesperadamente por el doctor Cornelius cuando apenas llevaba unas pocas horas en la cama.

—¿Vamos a estudiar un poco de Astronomía, doctor? —preguntó.

—¡Chist! —indicó éste—. Confiad en mí y haced exactamente lo que os diga. Poneos todas vuestras ropas; os espera un largo viaje.

Caspian se sintió muy sorprendido, pero había aprendido a confiar en su tutor y se puso a hacer lo que le decía. Cuando estuvo vestido, el doctor dijo:

—Tengo un morral para vos. Debemos ir a la habitación contigua y llenarlo con vituallas procedentes de la cena de Su Alteza.

—Mis gentilhombres de cámara estarán allí —advirtió Caspian.

—Están profundamente dormidos y no despertarán —repuso su tutor—. Soy un mago menor pero al menos soy capaz de crear una pócima para hacer dormir.

Entraron en la antesala y allí, en efecto, estaban los dos gentilhombres, tumbados en sillones y roncando sonoramente. El doctor Cornelius se apresuró a cortar los restos de pollo y unas tajadas de carne de venado y lo colocó todo, junto con pan, unas manzanas y un pequeño frasco de buen vino, en el morral que a continuación entregó a Caspian. El muchacho se lo colgó al hombro mediante una correa, como haría cualquiera con la cartera de los libros de la escuela.

—¿Tenéis vuestra espada? —preguntó el doctor.

—Sí —respondió Caspian.

—Entonces colocaos este manto por encima para ocultar la espada y el morral. Eso es. Y ahora debemos ir a la Gran Torre y conversar.

Una vez que hubieron llegado a lo alto de la torre —era una noche encapotada, en nada parecida a la noche en que habían contemplado la conjunción de Tarva y Alambil—, el doctor Cornelius dijo:

—Querido príncipe, debéis abandonar este castillo de inmediato y partir al ancho mundo en busca de vuestra fortuna. Vuestra vida corre peligro aquí.

—¿Por qué? —preguntó el príncipe.

—Porque sois el auténtico rey de Narnia: Caspian X, el hijo legítimo y heredero de Caspian IX. Larga vida a Su Majestad.

Y de repente, ante el gran asombro del príncipe, el hombrecillo hincó la rodilla en tierra y le besó la mano.

—¿Qué significa todo esto? No comprendo.

—Me sorprende que no hayáis preguntado antes —dijo el doctor Cornelius— por qué, siendo el hijo del rey Caspian, no sois el rey Caspian. Todo el mundo excepto Su Majestad sabe que Miraz es un usurpador. Cuando empezó a gobernar ni siquiera pretendió ser el rey: se denominaba a sí mismo lord Protector. Pero entonces vuestra real madre murió, y tras la buena reina, el único telmarino que ha sido amable conmigo jamás. Y luego, uno a uno, todos los grandes lores que habían conocido a vuestro padre murieron o desaparecieron. No por accidente, además. Miraz los fue suprimiendo. Belisar y Uvilas murieron de un disparo de flecha durante una cacería: por casualidad, según se quiso hacer creer. A toda la gran casa de los Passarid la envió a combatir contra los gigantes en la frontera septentrional hasta que uno por uno fueron cayendo. A Arlian y Erimon y a una docena más los hizo ejecutar por traición basándose en una acusación falsa. A los dos hermanos del Dique de los Castores los encerró diciendo que estaban locos. Y finalmente persuadió a los siete nobles lores, que eran los únicos de entre todos los telmarinos que no temían al mar, para que zarparan en busca de nuevas tierras más allá del Océano Oriental y, como era su intención, jamás regresaron. Y cuando no quedó nadie que pudiera hablar en vuestro favor, entonces sus aduladores, así como él les había indicado que hicieran, le suplicaron que se convirtiera en rey. Y desde luego, eso hizo.

—¿Quieres decir que ahora quiere matarme a mí también?

—Eso es casi seguro —respondió el doctor Cornelius.

—Pero ¿por qué ahora? Quiero decir, ¿por qué no lo hizo hace mucho tiempo si quería hacerlo? Y ¿qué daño le he hecho?

—Ha cambiado de idea sobre vos debido a algo que ha sucedido hace sólo dos horas. La reina ha tenido un hijo varón.

—No veo qué tiene eso que ver —dijo Caspian.

—¡No lo veis! —exclamó el doctor—. ¿Acaso todas mis lecciones de Historia y Política no os han enseñado algo más que eso? Escuchad. Mientras no tenía hijos propios, estaba más que dispuesto a dejar que fueseis rey cuando él muriera. Tal vez no le importarais mucho, pero prefería que tuvierais vos el trono a que lo tuviera un desconocido. Ahora que tiene un hijo de su propia sangre querrá que su hijo sea el siguiente monarca. Vos os interponéis en su camino, y os quitará de en medio.

—¿Realmente es tan malo? —inquirió Caspian—. ¿Realmente me asesinaría?

—Asesinó a vuestro padre —dijo el doctor Cornelius.

Caspian tuvo una sensación muy rara y no dijo nada.

—Os puedo contar toda la historia —siguió su tutor—. Pero no ahora. No hay tiempo. Debéis huir de inmediato.

—¿Vendrás conmigo?

—No me atrevo —respondió el doctor—, porque empeoraría el peligro que corréis. Es más fácil seguir el rastro de dos que de uno. Querido príncipe, querido rey Caspian, debéis ser muy valiente. Debéis marchar solo y en seguida. Intentad cruzar la frontera meridional hasta la Corte del rey Nain de Archenland. Él os acogerá.

—¿No te volveré a ver nunca? —quiso saber Caspian con voz temblorosa.

—Espero que sí, querido rey —dijo el doctor—. ¿Qué amigo tengo yo en el ancho mundo excepto Vuestra Majestad? Y poseo algunos conocimientos de magia. Pero entretanto, la rapidez lo es todo. Aquí tenéis dos regalos para vos. Esto es una pequeña bolsa de oro; ¡ay!, y pensar que todo el tesoro del castillo debería ser vuestro por derecho. Y aquí tenéis algo mucho mejor.

Colocó en las manos de Caspian algo que éste apenas pudo ver pero que supo por su tacto que se trataba de un cuerno.

—Ése —explicó el doctor Cornelius— es el mayor y más sagrado tesoro de Narnia. Muchos terrores tuve que soportar, muchos conjuros tuve que pronunciar para encontrarlo, cuando aún era joven. Se trata del cuerno mágico de la mismísima reina Susan, que dejó atrás cuando desapareció de Narnia al final de la Edad de Oro. Se dice que quienquiera que haga sonar el cuerno recibirá una extraña ayuda; nadie es capaz de decir hasta qué punto extraña. Puede que posea el poder de traer a la reina Lucy, al rey Edmund, a la reina Susan y al Sumo Monarca Peter desde el pasado, y ellos lo arreglarían todo. Tal vez pueda invocar al mismo Aslan. Tomadlo, rey Caspian, pero no lo uséis si no es en vuestro momento de mayor necesidad. Y ahora, apresuraos, apresuraos. La puertecilla que hay al pie de la Torre, la puerta que da al jardín, no está cerrada con llave. Allí debemos separarnos.

—¿Puedo llevar a mi caballo, *Batallador*? —preguntó Caspian.

—Ya está ensillado y aguardando justo en la esquina del manzanal.

Durante el largo descenso por la escalera de caracol Cornelius susurró muchas más instrucciones y consejos. Caspian sentía que se le caía el alma a los pies, pero intentaba tomar nota de todo. Luego llegó el aire fresco del jardín, un ferviente apretón de manos con el doctor, una carrera a través del césped, un relincho de bienvenida por parte de *Batallador*, y así el rey Caspian X abandonó el castillo de sus progenitores. Cuando volvió la vista atrás, vio fuegos artificiales que celebraban el nacimiento del nuevo príncipe.

Cabalgó toda la noche en dirección sur, eligiendo caminos apartados y senderos de herradura a través de bosques mientras estuvo en terreno que conocía; pero una vez en terreno desconocido se mantuvo en el camino real. *Batallador* se mostraba tan excitado como su dueño ante aquel inusual viaje, y Caspian, a pesar de que sus ojos se habían llenado de lágrimas al decir adiós al doctor Cornelius, se sentía valeroso y, en cierto modo, feliz, al pensar que era el rey Caspian que cabalgaba en busca de aventuras, con su espada sujeta al costado izquierdo de su cadera y el cuerno mágico de la reina Susan en el derecho. Sin embargo, cuando llegó la mañana acompañada de unas gotas de lluvia, y miró a su alrededor y vio por todas partes bosques desconocidos, brezales salvajes y montañas azules, pensó en lo enorme y extraño que era el mundo y se sintió asustado y pequeño.

En cuanto se hizo totalmente de día abandonó la carretera y encontró un lugar despejado y cubierto de hierba en medio de un bosque en el que podía descansar. Le quitó la brida a *Batallador* y dejó que pastara, comió un poco de pollo y bebió un vaso de vino, y finalmente se quedó dormido. Despertó entrada la tarde. Comió un poco más y prosiguió el viaje, todavía en dirección sur, siguiendo innumerables sendas poco frecuentadas. Desde cada nueva colina podía ver como las montañas se tornaban más grandes y oscuras al frente, y cuando cayó la tarde, ya cabalgaba por sus estribaciones más bajas. Empezó a soplar el viento, y no tardó en llover a raudales. *Batallador* se tornó inquieto; el trueno flotaba en el aire. Entonces penetraron en un oscuro y aparentemente interminable bosque de pinos, y todas las historias que Caspian había escuchado durante su vida sobre árboles que se mostraban hostiles con el hombre se apelotonaron en su mente. Recordó que él era, al fin y al cabo, un telmarino, un miembro de la raza que talaba árboles allí donde podía y estaba en guerra con todas las criaturas salvajes; y aunque él pudiera ser distinto a otros telmarinos, no se podía esperar que los árboles lo supieran.

Evidentemente no lo sabían. El viento se convirtió en una tempestad, los bosques rugieron y crujieron a su alrededor. Se oyó un gran estrépito y un árbol cayó atravesado en el camino justo detrás de él.

—¡Tranquilo, *Batallador*, tranquilo! —ordenó Caspian, palmeando el cuello del caballo.

Sin embargo, también él temblaba y sabía que había escapado a la muerte de milagro. Centellearon los relámpagos y un sonoro trueno pareció hender el cielo en dos justo sobre su cabeza. *Batallador* se desbocó por completo, y aunque Caspian era un buen jinete, no tenía la fuerza suficiente para refrenarlo. El príncipe se mantuvo en la silla, pero sabía que su vida pendía de un hilo durante la salvaje carrera que siguió.

Un árbol tras otro se alzó ante ellos en el crepúsculo y fue esquivado en el último instante. Luego, casi demasiado inesperado para que doliera, aunque también le dolió, algo golpeó a Caspian en la frente y el muchacho perdió el conocimiento.

Cuando despertó, yacía en un lugar iluminado por la luz de una fogata con las extremidades magulladas y un terrible dolor de cabeza. Unas voces bajas conversaban a poca distancia.

—Y ahora —decía una—, antes de que despierte debemos decidir qué hacemos con eso.

—Matarlo —dijo otra—. No podemos dejarlo con vida. Nos delataría.

—Tendríamos que haberlo matado al momento, o de lo contrario haberlo dejado allí —indicó una tercera voz—. No podemos matarlo ahora. No después de haberlo rescatado y de haberle vendado la cabeza y todo eso. Sería asesinar a un invitado.

—Caballeros —dijo Caspian con voz débil—, sea lo que sea lo que hagáis conmigo, espero que seáis benévolos con mi pobre caballo.

—Tu caballo había huido mucho antes de que te encontráramos —dijo la primera voz; una voz curiosamente ronca y tosca, como Caspian advirtió entonces.

—Ahora no dejéis que os engatuse con su bonita palabrería —intervino una segunda voz—. Sigo diciendo que...

—¡Cuernos y cornejas! —exclamó la tercera voz—. Desde luego que no vamos a asesinarlo. Qué vergüenza, Nikabrik. ¿Qué dices tú, Buscatrufas? ¿Qué debemos hacer con eso?

—Le daré un trago —anunció la primera voz, presumiblemente Buscatrufas.

Una figura oscura se acercó a la cama, y Caspian sintió que deslizaban un brazo con suavidad bajo sus hombros; si es que se trataba exactamente de un brazo. La forma no parecía la habitual. El rostro que se inclinó sobre él tampoco parecía estar bien. Tuvo la impresión de que era muy peludo y con una nariz muy larga, y había unas curiosas manchas blancas a cada lado de él. «Es una especie de máscara —pensó—. O tal vez tengo fiebre y lo estoy imaginando.» Le acercaron un tazón de algo dulce y caliente a los labios y bebió. En ese momento uno de los otros atizó el fuego. Saltó una llamarada y Caspian estuvo a punto de chillar del susto cuando la repentina luz le mostró el rostro que contemplaba el suyo. No era el rostro de un hombre sino el de un tejón, aunque más

grande, afable e inteligente que el de cualquier tejón que hubiera visto jamás. Y sin duda le había hablado.

Descubrió, también, que estaba en un lecho de brezo, en el interior de una cueva. Junto al fuego estaban sentados dos hombres barbudos, aunque más estrafalarios, bajos, peludos y gruesos que el doctor Cornelius supo al instante que se trataba de enanos auténticos, antiguos enanos sin una sola gota de sangre humana en sus venas. Y Caspian comprendió que, finalmente, había encontrado a los viejos narnianos.

Durante los días siguientes aprendió a reconocerlos por sus nombres. El tejón recibía el nombre de Buscatrufas; era el más anciano y amable de los tres. El enano que había querido matar a Caspian era un avinagrado enano negro, es decir, sus cabellos y barba eran negros, espesos y duros como las crines de un caballo, y su nombre era Nikabrik. El otro enano era un enano rojo con los cabellos iguales a los de un zorro y recibía el nombre de Trumpkin.

—Y ahora —dijo Nikabrik la primera tarde que Caspian estuvo lo bastante bien como para sentarse en la cama y charlar—, todavía tenemos que decidir qué hacemos con este humano. Vosotros dos pensáis que le habéis hecho un gran favor al no permitirme que lo matara. Pero supongo que el resultado ahora es que tendremos que mantenerlo prisionero de por vida. Yo desde luego no pienso dejarlo marchar vivo, para que regrese con los suyos y nos delate a todos.

—¡Tablas y tablones, Nikabrik! —gritó Trumpkin—. ¿Por qué tienes que hablar de un modo tan descortés? No es culpa de la criatura haberse dado un porrazo contra un árbol frente a nuestro agujero. Y no creo que tenga aspecto de delator.

—¡Caracoles! —intervino Caspian—, pero si ni siquiera habéis averiguado si «deseo» regresar. No quiero hacerlo. Quiero quedarme con vosotros... si me dejáis. Llevo toda la vida buscando a gente como vosotros.

—Vaya cuento —gruñó Nikabrik—. Eres un telmarino y un humano, ¿no es cierto? Desde luego que quieres regresar con los tuyos.

—Bueno, incluso aunque quisiera, no podría —respondió Caspian—. Huía para salvar mi vida cuando tuve mi accidente. El rey me quiere matar. Y si me mataseis, harías justo lo que más le complacería.

—Vaya, vaya —intervino Buscatrufas—, ¡no me digas!

—¡Eh! —dijo Trumpkin—. ¿Qué es eso? ¿Qué has hecho, humano, para enemistarte con Miraz siendo tan joven?

—Es mi tío —empezó Caspian, e inmediatamente Nikabrik se puso en pie de un salto con la mano sobre su daga.

—¡Lo veis! —gritó—. No sólo es un telmarino sino que es pariente cercano y heredero de nuestro mayor enemigo. ¿Seguís estando todavía tan locos como para permitir que esta criatura viva?

Habría apuñalado al príncipe allí y en aquel momento, si el tejón y Trumpkin no se hubieran interpuesto, lo hubieran obligado a regresar a su asiento y lo hubieran retenido allí.

—Ahora, de una vez por todas, Nikabrik —dijo Trumpkin—. ¿Vas a dominarte o tendremos Buscatrufas y yo que sentarnos sobre tu cabeza?

Nikabrik prometió de mala gana comportarse bien, y los dos pidieron a Caspian que contara toda su historia. Cuando lo hubo hecho se produjo un momento de silencio.

—Es la cosa más rara que he oído nunca —declaró Trumpkin.

—No me gusta —dijo Nikabrik—. No sabía que todavía se contaban historias sobre nosotros entre los humanos. Cuanto menos sepan sobre nosotros mucho mejor. Esa vieja aya, por ejemplo. Habría sido mejor que se hubiera callado. Y está todo mezclado con ese tutor: un enano renegado. Los odio. Los odio más que a los humanos.

Fijaos bien en lo que os digo; nada bueno saldrá de esto.

—No te pongas a hablar de cosas que no entiendes, Nikabrik —reprendió Buscatrufas—. Vosotros los enanos sois tan desmemoriados y variables como los mismos humanos. Yo soy una bestia, eso soy, y un tejón, además. Nosotros no cambiamos. Nos mantenemos firmes. Yo digo que un gran bien saldrá de esto. Éste es el auténtico rey de Narnia. Y nosotros, las bestias, recordamos, aunque los enanos lo hayan olvidado, que Narnia sólo estaba bien cuando un Hijo de Adán era rey.

—¡Torbellinos y remolinos!, Buscatrufas —dijo Trumpkin—. ¿No estarás diciendo que quieres entregar el país a los humanos?

—No he dicho nada de eso —respondió el tejón—. No es país de humanos, ¿quién podría saberlo mejor que yo?, pero es un país hecho para que un humano sea su rey. Nosotros los tejones poseemos una memoria lo suficientemente larga como para saberlo. Además, que el cielo nos asista, ¿no era el Sumo Monarca Peter un humano?

—¿Crees en todas esas viejas historias? —inquirió Trumpkin.

—Ya te digo que nosotros, las bestias, no cambiamos —respondió él—. No olvidamos. Creo en el Sumo Monarca Peter y los otros reyes y reinas de Cair Paravel tan firmemente como creo en el mismo Aslan.

—No dudo que lo creas tan firmemente como «eso» —repuso Trumpkin—. Pero ¿quién cree en Aslan actualmente?

—Yo creo —dijo Caspian—. Y si no hubiera creído en él antes, lo haría ahora. Allá entre los humanos, las gentes que se reían de Aslan se habían reído de las historias sobre bestias parlantes y enanos. A veces me preguntaba yo también si realmente existía alguien como Aslan: pero también en ocasiones me preguntaba si existía gente como vosotros. Sin embargo, aquí estáis.

—Es cierto —dijo Buscatrufas—. Tienes razón, rey Caspian. Y mientras seas fiel a la Vieja Narnia serás mi rey, digan lo que digan. Larga vida a Su Majestad.

—Me pones enfermo, tejón —refunfuñó Nikabrik—. El Sumo Monarca Peter y el resto tal vez fueran humanos, pero eran una clase distinta de humanos. Éste es uno de los malditos telmarinos. Ha cazado animales por diversión. ¿Lo has hecho, verdad? —añadió, enfrentándose repentinamente a Caspian.

—Bueno, para ser sincero, sí lo he hecho —reconoció éste—. Pero no eran bestias parlantes.

—Da lo mismo —repuso Nikabrik.

—No, no, no —intervino Buscatrufas—, sabes que no es así. Sabes perfectamente que las bestias de Narnia hoy en día son diferentes y no son más que las pobres criaturas mudas y estúpidas que encontrarías en Calormen o Telmar. También son más pequeñas. Son mucho más diferentes de nosotros que los semienanos de vosotros.

La conversación se prolongó un buen rato, pero todo finalizó con el acuerdo de que Caspian se quedaría e incluso con la promesa de que, tan pronto como estuviera en condiciones de salir, lo llevarían a ver a quienes Trumpkin llamaba «los otros»; pues al parecer en aquellos territorios inhóspitos todavía vivía toda clase de criaturas procedentes de la Narnia de los viejos tiempos.

CAPÍTULO 6

La gente que vivía escondida

Se iniciaron entonces los días más felices que Caspian había vivido jamás. Una deliciosa mañana de verano, mientras el rocío cubría aún la hierba, partió con el tejón y los dos enanos, ascendiendo a través del bosque hasta un elevado paso en las montañas para, a continuación, descender hasta sus soleadas laderas meridionales, desde donde se podían contemplar las verdes y onduladas llanuras de Archenland.

—Iremos a ver primero a los Tres Osos Barrigudos —anunció Trumpkin.

En un claro encontraron un viejo roble hueco cubierto de musgo, y Buscatrufas dio tres golpecitos sobre el tronco con la zarpa sin recibir respuesta. Luego volvió a golpear y una especie de voz amortiguada dijo desde el interior:

—Vete. No es hora de levantarse aún.

Pero cuando golpeó por tercera vez se oyó un sonido parecido a un pequeño terremoto en el interior y se abrió una especie de puerta y tres osos pardos salieron; los tres realmente barrigudos y pestañeando sin parar. Y una vez que les explicaron todo, lo que llevó algún tiempo porque estaban demasiado adormilados, declararon, tal como había dicho Buscatrufas, que un Hijo de Adán debería ser rey de Narnia y todos besaron a Caspian —fueron unos besos muy húmedos y resollantes— y le ofrecieron un poco de miel. Caspian en realidad no deseaba comer miel, sin pan, a aquellas horas de la mañana, pero le pareció de buena educación aceptar. Aunque luego le costó un buen rato eliminar los restos de miel.

Después
de aquello si-
guieron adelan-
te hasta que se
encontraron entre
altas hayas, y Busca-
trufas llamó a grandes
voces: «¡Pasosligeros! ¡Pasosligeros! ¡Pasosligeros!»,
y casi al instante, saltando de
rama en rama hasta quedar justo por encima de sus cabezas, apareció la ardilla roja más magnífica que Caspian
había visto nunca. Era mucho mayor que las ardillas mudas corrientes que en ocasiones había visto en los jardines del castillo; a decir verdad tenía
casi el tamaño de un terrier y en cuanto se la miraba a la cara uno se daba cuenta de que podía
hablar. En realidad el problema estaba en conseguir que callara, pues, como todas las ardillas, era
una charlatana. Dio la bienvenida a Caspian al
instante y le preguntó si le gustaría una nuez, y él
le dio las gracias y le dijo que sí. Mientras Piesligeros
marchaba dando saltos a buscarla, Buscatrufas susurró al oído de Caspian:

—No miréis. Desviad la mirada. Es de muy mala educación entre las ardillas observar a cualquiera que vaya a su almacén, así como dar la impresión de que uno quiere saber dónde se encuentra éste.

Entonces Piesligeros regresó con la nuez, y Caspian la comió, y después de eso la ardilla preguntó si podía llevar algún mensaje a otros amigos.

—Puedo ir casi a cualquier sitio sin poner los pies en el suelo —declaró.

Buscatrufas y los enanos consideraron que era una buena idea y dieron a Piesligeros mensajes para toda clase de gente con nombres curiosos pidiendo que acudieran todos a un banquete y consejo en el Prado Bailarín a medianoche al cabo de tres noches.

—Y será mejor que se lo digas también a los Tres Osos Barrigudos —añadió Trumpkin—. Olvidamos mencionárselo.

Su siguiente visita fue a los Siete Hermanos del Bosque Tembloroso. Trumpkin encabezó la marcha de regreso al paso entre las montañas y luego abajo hacia el este por la ladera septentrional de las mismas, hasta que llegaron a un lugar muy solemne situado entre rocas y abetos. Avanzaron silenciosamente, y al poco tiempo Caspian sintió que el suelo temblaba bajo sus pies como si alguien diera martillazos bajo tierra. Trumpkin fue hacia una roca plana del tamaño de la parte superior de un tonel de agua, y la golpeó con la planta del pie. Tras una larga pausa alguien o algo situado debajo la apartó, y apareció un oscuro agujero redondo con gran cantidad de calor y vapor surgiendo de él y en medio del agujero la cabeza de un enano muy parecido a Trumpkin. Entonces tuvo lugar una larga conversación y el enano pareció sentir más suspicacias que la ardilla o los Osos Barrigudos, aunque finalmente todo el grupo fue invitado a descender. Caspian se encontró bajando por una oscura escalera al interior de la tierra, pero cuando llegó al final vio la luz de una lumbre. Eran las llamas de un horno. Todo el lugar era una herrería. Un arroyo subterráneo discurría por uno de los lados. Dos enanos se ocupaban de los fuelles, otro sujetaba un pedazo de metal al rojo vivo sobre un yunque con un par de tenazas, un cuarto le asestaba martillazos, y dos, que se limpiaban las callosas manos en un trapo grasiento, se acercaban en aquellos momentos a recibir a los visitantes. Hizo falta algún tiempo para convencerlos de que Caspian era un amigo y no un enemigo, pero cuando lo hicieron, todos gritaron: «¡Larga vida al rey!», y sus regalos fueron regios: cotas de malla, yelmos y espadas para Caspian, Trumpkin y Nikabrik. El tejón podría haber recibido lo mismo de haber querido, pero dijo que era un animal (que es lo que era), y que si sus zarpas y dientes no eran capaces de conservarle el pellejo intacto, no valía la pena conservarlo. La manufactura de las armas era mucho más refinada que ninguna otra que Caspian hubiera visto, y aceptó de buena gana la espada de forja enana en lugar de la suya, que, en comparación, parecía tan frágil como un juguete y tan pesada como un palo. Los siete hermanos —todos ellos enanos rojos— prometieron ir a la fiesta del Prado Danzarín.

Un poco más allá, en una cañada seca y pedregosa, llegaron a la cueva de los cinco enanos negros. Éstos contemplaron suspicazmente a Caspian, pero al final el mayor de ellos dijo:

—Si está en contra de Miraz, lo aceptaremos como rey.

Y el siguiente de más edad indicó:

—¿Quieres que vayamos un poco más arriba, hasta los despeñaderos? Hay un ogro o dos y una hechicera que te podríamos presentar, allí arriba.

—Naturalmente que no —dijo Caspian.

—Ya lo creo que no —confirmó Buscatrufas—. No queremos a nadie de esa clase en nuestro bando.

Nikabrik discrepó en aquello, pero Trumpkin y el tejón decidieron en contra. Caspian se llevó un buen sobresalto al darse cuenta de que las horribles criaturas de los antiguos relatos, lo mismo que las agradables, todavía tenían descendientes en Narnia.

—No tendríamos a Aslan como amigo si aceptáramos a esa chusma —declaró Buscatrufas mientras se alejaban de la cueva de los enanos negros.

—¡Siempre hablas de Aslan! —exclamó Trumpkin, alegremente pero también con desdén—. Lo que importa mucho más es que no me tendríais a mí.

—¿Crees en Aslan? —preguntó Caspian a Nikabrik.

—Creeré en cualquiera o en cualquier cosa —respondió éste— que muela a palos hasta hacerlos pedazos a esos malditos telmarinos o los expulse de Narnia. Quien sea o lo que sea, Aslan o la Bruja Blanca, ¿comprendes?

—Silencio, silencio —intervino Buscatrufas—. No sabes lo que dices. Ella era una enemiga peor que Miraz y toda su raza.

—No para los enanos, ya lo creo que no —declaró Nikabrik.

La siguiente visita que hicieron resultó más agradable. A medida que descendían, las montañas fueron dando paso a una gran cañada o vaguada llena de árboles con un veloz río discurriendo por el fondo. Las zonas despejadas cerca de la orilla del agua eran una masa de dedaleras y escaramujos olorosos, y el aire estaba inundado del zumbido de las abejas. Allí Buscatrufas volvió a llamar: «¡Borrasca de las Cañadas! ¡Borrasca de las Cañadas!», y tras una pausa Caspian oyó un sonido de cascos. Éste fue aumentando hasta que el valle tembló y por fin, quebrando y pisoteando los matorrales, aparecieron las criaturas más nobles que Caspian había visto hasta el momento, el gran centauro Borrasca de las Cañadas y sus tres hijos. Sus ijares tenían un reluciente color castaño y la barba que cubría el amplio pecho mostraba un rojo dorado. Era profeta y astrólogo y sabía para qué habían ido.

—Larga vida al rey —gritó—. Mis hijos y yo estamos listos para la guerra. ¿Cuándo tendrá lugar la batalla?

Hasta aquel momento ni Caspian ni sus compañeros habían pensado en serio en una guerra. Tenían alguna vaga idea, quizá, de alguna incursión fortuita a alguna granja o pensaban en atacar a un grupo de cazadores, si se aventuraban demasiado al interior de aquellos territorios salvajes. Pero, en general, habían imaginado únicamente que vivirían aislados en los bosques y cuevas e intentarían crear una Vieja Narnia en la clandestinidad. En cuanto Borrasca habló, todos adoptaron una actitud más seria.

—¿Te refieres a una auténtica guerra para echar a Miraz de Narnia? —preguntó Caspian a Borrasca de las Tormentas.

—¿Qué otra cosa si no? —respondió el centauro—. ¿Por qué otro motivo va Su Majestad ataviado con una cota de malla y ciñe una espada?

—¿Es posible la guerra, Borrasca de las Tormentas? —quiso saber el tejón.

—Ha llegado el momento —respondió él—. Vigilo los cielos, tejón, pues es mi misión vigilar, como es la tuya recordar. Tarva y Alambil se han encontrado en las estancias celestes, y en la Tierra se ha vuelto a alzar un Hijo de Adán para gobernar y dar nombre a las criaturas. Ha llegado la hora. Nuestro consejo en el Prado Danzarín debe ser un consejo de guerra.

Hablaba en un tono de voz tal que ni Caspian ni los otros vacilaron por un momento: en aquellos momentos les parecía más que probable que ganaran una guerra y estaban seguros de que debían librarla.

Puesto que ya pasaba el mediodía, descansaron junto a los centauros y comieron lo que éstos les facilitaron: pasteles de avena, manzanas, hierbas, vino y queso.

El siguiente lugar que debían visitar se hallaba bastante cerca, pero tenían que dar un largo rodeo para evitar una región habitada por los hombres. Era bien entrada la tarde cuando llegaron a terrenos llanos, circundados por setos. Allí Buscatrufas hizo una visita a un pequeño agujero en un terraplén cubierto de hierba, y de él salió lo último que Caspian habría esperado ver: un ratón parlanchín. Desde luego era más grande que un ratón corriente, de más de treinta centímetros de altura cuando se alzaba sobre las patas traseras, y con orejas casi tan largas como las de un conejo, aunque más anchas. Su nombre era Reepicheep y era un ratón alegre y marcial. Llevaba un pequeño espadín al costado y se retorcía los largos bigotes como si fueran un mostacho.

—Somos doce, Majestad —anunció con una enérgica y elegante reverencia—, y pongo todos los recursos de mi gente, sin reservas, a disposición de Su Majestad.

Caspian hizo un gran esfuerzo, recompensado por el éxito, para no echarse a reír, pero no pudo evitar pensar que a Reepicheep y toda su gente se les podía colocar tranquilamente en un cesto de la colada y transportarlos a casa colgados a la espalda.

Se tardaría demasiado en mencionar a todas las criaturas que Caspian conoció aquel día: Cavador Clodsley, el topo, los tres Trituradores —que eran tejones igual que Buscatrufas—, la liebre Camilo y el puerco espín Hogglestock. Descansaron finalmente junto a un pozo en el linde de un amplio y llano círculo de hierba bordeado por elevados olmos que proyectaban ya largas sombras sobre él, pues el sol se ponía, las margaritas se cerraban y los grajos volaban a sus nidos para pasar la noche. Cenaron allí, algunas de las provisiones que habían traído con ellos, y Trumpkin encendió su pipa; Nikabrik no fumaba.

—Bueno —dijo el tejón—, si al menos pudiéramos despertar el espíritu de estos árboles y este pozo, habríamos llevado a cabo un buen trabajo.

—¿No podemos hacerlo? —inquirió Caspian.

—No —respondió Buscatrufas—, no tenemos poder sobre ellos. Desde que llegaron los humanos al país, talando árboles y contaminando arroyos, las dríadas y náyades se han sumido en un sueño profundo. ¿Quién sabe si volverán a despertar algún día? Y ésa es una gran pérdida para nuestro bando. Los telmarinos tienen un miedo cerval a los bosques, y en cuanto los árboles se movieran enfurecidos, nuestros enemigos enloquecerían de miedo y serían expulsados de Narnia a toda la velocidad que les permitieran sus piernas.

—¡Qué imaginación tenéis vosotros los animales! —exclamó Trumpkin, que no creía en tales cosas—. Pero ¿por qué limitarse a los árboles y las aguas? ¿No sería más agradable aún si las piedras empezaran a lanzarse ellas solas sobre el viejo Miraz?

El tejón se limitó a contestar con un gruñido, y después de aquello se produjo tal silencio que Caspian casi se había dormido, cuando le pareció oír un débil sonido musical procedente de las profundidades del bosque situado a su espalda. En seguida pensó que no era más que un sueño y volvió a darse la vuelta, pero en cuanto su oído tocó el suelo, sintió u oyó, pues resultaba difícil decidir cuál de las dos cosas era, un débil golpeteo y tamborileo. Alzó la cabeza. El golpeteo se tornó inmediatamente más tenue, pero la música regresó, más nítida entonces. Parecían flautas. Vio que Buscatrufas se había sentado en el suelo y tenía la vista fija en el bosque. La luna brillaba con fuerza; Caspian había dormido más tiempo del que creía. La música se fue acercando, una melodía desenfrenada y a la vez vaga, y también el sonido de muchos pies ligeros, hasta que por fin, saliendo del bosque a la luz de la luna, aparecieron unas figuras danzarinas muy parecidas a aquellas que Caspian había imaginado toda su vida. No eran mucho más altos que los enanos, pero sí mucho más esbeltos y más donairosos que ellos. Las rizadas cabezas tenían cuernecillos, la parte superior de sus cuerpos centelleaba desnuda bajo la pálida luz, pero las patas y las pezuñas eran como las de las cabras.

—¡Faunos! —chilló Caspian, incorporándose de un salto, y al cabo de un instante todos lo rodearon.

No tardaron nada en explicarles la situación, y los faunos aceptaron a Caspian al momento. Antes de que se diera cuenta, el príncipe se encontró tomando parte en la danza. Trumpkin, con movimientos más pesados y espasmódicos, hizo lo propio e incluso Buscatrufas se dedicó a dar saltos y a moverse pesadamente lo mejor que pudo. Únicamente Nikabrik permaneció donde estaba, mirando en silencio. Los faunos bailaron alrededor de Caspian al son de sus flautas de caña. Sus curiosos rostros, que parecían afligidos y divertidos a la vez, se dedicaban a inspeccionar el del muchacho; eran docenas de faunos, *mentius*, *oben-*

tinus y *dumnus, voluns, voltinus, girbius, nimienus, nausus* y *oscuns*. Piesligeros los había enviado a todos.

Cuando Caspian despertó a la mañana siguiente apenas podía creer que no hubiera sido todo un sueño; pero la hierba estaba cubierta de pequeñas marcas de pezuñas hendidas.

CAPÍTULO 7

La Vieja Narnia está en peligro

El lugar donde se habían encontrado con los faunos era, desde luego, el Prado Danzarín, y allí Caspian y sus amigos permanecieron hasta la noche del Gran Consejo. Dormir bajo las estrellas, no beber otra cosa que agua de manantial y alimentarse principalmente de nueces y frutos silvestres fue una experiencia extraña para Caspian, después de su lecho de sábanas de seda en una habitación cubierta de tapices en el castillo, con comidas servidas en platos de oro y plata en la antesala, y sirvientes listos para acudir a cualquier llamada suya. Sin embargo nunca había disfrutado tanto. Jamás el sueño había resultado tan reparador ni la comida más sabrosa, y empezaba ya a tornarse más aguerrido y su rostro mostraba una expresión más regia.

Cuando llegó la gran noche, y sus diferentes y

curiosos súbditos penetraron a hurtadillas en el prado de uno en uno, de dos en dos, de tres en tres o de seis en seis y de siete en siete —con la luna brillando casi totalmente llena—, su corazón se hinchó al ver cuántos eran y escuchar sus saludos. Todos aquellos que había conocido se hallaban allí: Osos Barrigudos, enanos rojos y enanos negros, topos y tejones, liebres y puerco espines, y otros a los que no había visto antes; cinco sátiros rojos como zorros, todo el contingente de ratones parlantes, armados hasta los dientes y siguiendo el agudo toque de una trompeta, algunos búhos y el Viejo Cuervo de Cuervocaur. Por último, y fue algo que dejó a Caspian sin respiración, con los centauros llegó un pequeño pero genuino gigante, Turbión de la Colina del Hombre Muerto, que transportaba a la espalda un cesto lleno de enanos medio mareados que habían aceptado su oferta de transporte y que en aquellos momentos desearían no haberlo hecho y haber llegado hasta allí por sus propios pies.

Los Osos Barrigudos se mostraron muy ansiosos por celebrar el banquete primero y dejar el consejo para después; tal vez hasta la mañana siguiente. Reepicheep y sus ratones declararon que tanto consejos como banquetes podían esperar, y propusieron atacar a Miraz en su propio castillo aquella misma noche. Piesligeros y las otras ardillas dijeron que podían charlar y comer al mismo tiempo, de modo que ¿por qué no celebrar el banquete y el consejo simultáneamente? Los topos propusieron levantar trincheras alrededor del prado antes de hacer cualquier otra cosa. Los faunos pensaron que sería mejor empezar con una danza solemne, y el Viejo Cuervo, si bien estuvo de acuerdo con los osos en que llevaría demasiado tiempo celebrar todo un consejo antes de la cena, rogó se le permitiera dirigir un breve discurso a todos los reunidos. Pero Caspian, los centauros y los enanos decidieron en contra de todas aquellas sugerencias e insistieron en celebrar un auténtico consejo de guerra al momento.

Una vez que se consiguió persuadir a todas las demás criaturas para que se sentaran en silencio en un gran círculo, y una vez que —con bastantes más dificultades— consiguieron que Piesligeros dejara de correr de un lado a otro diciendo: «¡Silencio! A callar todos, el rey va a hablar», Caspian, algo nervioso, se levantó.

—¡Narnianos! —empezó a decir, pero no consiguió ir más allá, pues en aquel momento la liebre Camilo dijo:

—¡Silencio! Hay un humano por aquí.

Todas eran criaturas salvajes, acostumbradas a

que las cazaran, y todas se quedaron inmóviles como estatuas. Los animales volvieron los hocicos en la dirección que Camilo había indicado.

—Huele a hombre, aunque no del todo a hombre —susurró Buscatrufas.

—Se aproxima cada vez más —indicó la liebre.

—Dos tejones y vosotros tres, enanos, con los arcos preparados, marchad en silencio para salirle al paso —ordenó Caspian.

—Nos ocuparemos de él —declaró un enano negro en tono sombrío, encajando una flecha en la cuerda de su arco.

—No disparéis si está solo —dijo Caspian—. Capturadlo.

—¿Por qué? —preguntó el enano.

—Haz lo que se te dice —indico el centauro Borrasca de las Cañadas.

Todo el mundo aguardó en silencio mientras los tres enanos y los dos tejones corrían sigilosamente hacia los árboles del lado noroeste del prado. Al poco rato se dejó oír la chillona voz de un enano.

—¡Alto! ¿Quién anda ahí?

Y hubo un repentino chasquido. Casi al instante, oyeron una voz que Caspian conocía muy bien, que decía:

—De acuerdo, de acuerdo, estoy desarmado. Sujetad mis muñecas si queréis, respetables tejones, pero no las atraveséis de un mordisco. Quiero hablar con el rey.

—¡Doctor Cornelius! —gritó Caspian, lleno de júbilo, y se adelantó corriendo para dar la bienvenida a su tutor, mientras todos los demás se amontonaban a su alrededor.

—¡Uf! —dijo Nikabrik—. Un enano renegado. ¡Un mitad y mitad! ¿Queréis que le atraviese la garganta con mi espada?

—Tranquilo, Nikabrik —dijo Trumpkin—. La criatura no puede evitar su ascendencia.

—Éste es mi mejor amigo y el que me salvó la vida —explicó Caspian—. Y a quien no le guste su compañía puede abandonar mi ejército, inmediatamente. Queridísimo doctor, cómo me alegra volverte a ver. ¿Cómo conseguiste encontrarnos?

—Usando un poco de sencilla magia, Majestad —respondió el doctor, que seguía resollando y jadeando por haber andado tan de prisa—. Pero ahora no tenemos tiempo para hablar de eso. Debemos huir de este lugar al instante. Os han delatado y Miraz está ya en camino. Antes del mediodía de mañana estaréis rodeados.

—¡Delatado! —exclamó Caspian—. ¿Y quién ha sido?

—Otro enano renegado, sin duda —dijo Nikabrik.

—Vuestro caballo *Batallador* —respondió el doctor Cornelius—. El pobre animal no pudo hacer otra cosa. Cuando fuisteis derribado, como es natural, marchó tranquilamente de vuelta a su establo en el castillo. Entonces fue cuando se descubrió vuestra marcha. Yo, por mi parte, decidí esfumarme, pues no sentía el menor deseo de ser interrogado en la sala de torturas de Miraz. Gracias a mi bola de cristal tenía una idea bastante buena de dónde os podría encontrar. Pero durante todo el día, eso fue anteayer, vi a los grupos de búsqueda de Miraz rastreando los bosques. Ayer me enteré de que su ejército se ha puesto en marcha. Creo que algunos de vuestros, ejem, enanos de pura raza no poseen tantos conocimientos sobre los bosques como cabría esperar. Habéis dejado rastros por todas partes. Un gran descuido. En cualquier caso, algo ha advertido a Miraz de que la Vieja Narnia no está tan muerta como él desearía, y se ha puesto en marcha.

—¡Hurra! —gritó una vocecita aguda desde algún punto a los pies del doctor—. ¡Que vengan! Todo lo que pido es que el rey me coloque a mí y a mi gente en la primera línea de ataque.

—¿Qué diablos? —dijo el doctor Cornelius—. ¿Tiene Su Majestad saltamontes, o mosquitos, en su ejército?

Entonces, tras inclinarse hacia el suelo y atisbar

con atención a través de sus lentes, lanzó una carcajada.

—Por el León —juró—, es un ratón. *Signor* ratón, me gustaría conoceros mejor. Me siento honrado de poder tratar con una bestia tan valiente.

—Mi amistad tendrás, docto humano —respondió Reepicheep con voz aflautada—. Y cualquier enano, o gigante, del ejército que no se dirija a ti con buenas palabras tendrá que vérselas con mi espada.

—¿Es que vamos a perder el tiempo en estas tonterías? —inquirió Nikabrik—. ¿Qué planes tenemos? ¿Luchar o huir?

—Luchar si es necesario —dijo Trumpkin—; pero no estamos demasiado preparados para ello en estos momentos, y éste no es un lugar muy defendible.

—No me gusta la idea de salir corriendo —indicó Caspian.

—¡Bravo! ¡Bravo! —gritaron los Tres Osos Barrigudos—. Hagamos lo que hagamos, no hay que correr. Especialmente no antes de cenar; ni inmediatamente después de ello.

—Los que corren primero no siempre son los últimos en correr —observó el centauro—. Y ¿por qué hemos de dejar que el enemigo elija nuestra posición en lugar de elegirla nosotros mismos?

Vayamos en busca de un lugar donde podamos hacernos fuertes.

—Eso es algo muy sensato, Majestad, muy sensato —corroboró Buscatrufas.

—Pero ¿adónde debemos ir? —preguntaron varias voces.

—Majestad —intervino el doctor Cornelius—, y todas vosotras, variopintas criaturas, creo que debemos huir al este y río abajo en dirección a los grandes bosques. Los telmarinos odian esa región. Siempre han sentido miedo al mar y a algo que puede venir del otro lado del mar. Si la tradición no se equivoca, el antiguo Cair Paravel se encuentra en la desembocadura del río. Toda esa parte es favorable a nosotros y odia a nuestros enemigos. Debemos ir al Altozano de Aslan.

—¿El Altozano de Aslan? —inquirieron varias voces—. No sabemos qué es eso.

—Se encuentra dentro de las lindes de los Grandes Bosques y se trata de un enorme montículo que alzaron los narnianos en épocas muy remotas sobre un lugar mágico, donde se levantaba, y tal vez todavía siga allí, una piedra aún más mágica. El montículo está excavado en su interior con galerías y cuevas, y la piedra se encuentra en la cueva central. En el montículo hay espacio para todas nuestras provisiones, y aquellos de nosotros que necesiten resguardarse mejor y estén más acostumbrados a la vida bajo tierra pueden alojarse en las cuevas. Los demás podemos instalarnos en el bosque. En caso de necesidad, todos, a excepción de este noble gigante, podríamos refugiarnos en el montículo mismo, y allí estaríamos fuera del alcance de cualquier peligro, excepto el hambre.

—Es una suerte que tengamos a una persona instruida entre nosotros —dijo Buscatrufas; pero Trumpkin masculló en voz baja:

—¡Sopa y apio! Ojalá nuestros líderes pensaran menos en estos cuentos de comadres y más en víveres y armas.

No obstante, todos aprobaron la propuesta de Cornelius y aquella misma noche, media hora más tarde, se pusieron en marcha. Llegaron al Altozano de Aslan antes del amanecer.

Ciertamente resultaba un lugar imponente, era una colina verde y redondeada en lo alto de otra colina que, con el transcurso del tiempo, se había recubierto de árboles y contaba con una entrada pequeña y baja que conducía a su interior. Dentro, los túneles eran un perfecto laberinto hasta que uno los conocía, y estaban forrados y techados con piedras lisas, y en las piedras, al atisbar en la penumbra, Caspian distinguió extraños caracteres y dibujos sinuosos, e imágenes en las que la figura de un león se repetía una y otra vez. Todo parecía pertenecer a una Narnia aún más antigua que la Narnia de la que le había hablado su aya.

Fue después de que se hubieran instalado en el altozano y a su alrededor cuando la suerte empezó a volverse en su contra. Los exploradores del rey Miraz no tardaron en localizar su nueva guarida, y el monarca y su ejército aparecieron en el linde del bosque. Y como sucede tan a menudo, el enemigo resultó ser más numeroso de lo que habían calculado. A Caspian se le cayó el alma a los pies al ver llegar una compañía tras otra. Y aunque los hombres de Miraz tuvieran miedo de penetrar en el bosque, sentían más miedo aún del monarca, y con él al mando llevaron la batalla al interior del bosque, y en ocasiones casi hasta el mismo altozano. Caspian y los otros capitanes realizaron, desde luego, más de una salida a campo abierto. Así pues, se produjeron combates casi todos los días y en ocasiones incluso de noche; pero el bando de Caspian se llevó por lo general la peor parte.

Por fin llegó una noche en que todo había salido al revés y la lluvia que había caído con fuerza durante todo el día había cesado sólo para dejar

paso a un frío insoportable. Aquella mañana Caspian había organizado la que había sido su batalla más importante hasta el momento, y todos habían puesto sus esperanzas en ella. El muchacho, junto con la mayoría de enanos, tenía que caer sobre el ala derecha del rey al amanecer, y luego, cuando estuvieran en pleno combate, el gigante Turbión, con los centauros y algunos de los animales más feroces, tenía que salir por otro lado y procurar aislar el lado derecho del rey del resto del ejército. Pero fue un fracaso. Nadie había advertido a Caspian, pues nadie en aquella época más reciente de Narnia lo recordaba, que los gigantes no son nada listos. El pobre Turbión, si bien era bravo como un león, era un auténtico gigante respecto a su inteligencia. Había salido cuando no debía y desde el lugar equivocado, y

tanto su grupo como el de Caspian habían recibido un fuerte
castigo a la vez que hacían
muy poco daño al enemigo.
El mejor de los osos había
resultado lesionado, uno
de los centauros estaba
gravemente herido
y pocos eran en
el bando
de Cas-
pian los
que no ha-

bían sufrido heridas. Apenas un grupo desalentado se acurrucó bajo los árboles goteantes para
comer la parca cena.

El más desalentado era el gigante, que sabía
que todo había sido culpa suya. Se sentó en silencio derramando enormes lágrimas que se acumu-
laron en la punta de su nariz y luego cayeron con
un fuerte chapoteo sobre el campamento de los
ratones, que acababan de empezar a entrar en calor y a dormirse.

Los roedores se incorporaron de un salto, sacu-
diéndose el agua de las orejas y escurriendo las
pequeñas mantas, y preguntaron al gigante con
voces agudas pero enérgicas si le parecía que no

estaban suficientemente mojados ya sin necesidad de aquello. Y entonces otros se despertaron y dijeron a los ratones que habían sido alistados como exploradores y no como cuadrilla musical, y les preguntaron por qué no podían permanecer en silencio. Y Turbión se alejó de puntillas para encontrar un lugar donde pudiera sentirse desgraciado en paz, y pisó la cola de alguien y ese alguien —más adelante se dijo que fue un zorro— lo mordió. Y, como se puede ver, todos estaban de muy mal humor.

Pero en la secreta y mágica estancia situada en el corazón del altozano, el rey Caspian, Cornelius, el tejón, Nikabrik y Trumpkin celebraban consejo. Gruesos pilares de antigua construcción sostenían el techo, y en el centro estaba la piedra misma, una mesa de piedra, partida justo en el centro, y cubierta con lo que en el pasado había sido escritura de alguna clase: pero siglos de viento, lluvia y nieve casi la habían borrado en épocas pasadas cuando la Mesa de Piedra se había alzado en lo alto de la colina y no se había construido aún el montículo sobre ella. No usaban la Mesa ni se sentaban a su alrededor: era algo demasiado mágico para darle un uso corriente. Estaban sentados en troncos a cierta distancia de ella, y entre ellos había una tosca mesa de madera, sobre la que habían colocado un sencillo farol de arcilla que iluminaba sus rostros pálidos y proyectaba enormes sombras sobre las paredes.

—Si Su Majestad ha de usar alguna vez el cuerno —dijo Buscatrufas—, creo que el momento ha llegado.

Caspian, desde luego, les había hablado de su tesoro hacía varios días.

—Ciertamente estamos muy apurados —respondió él—, pero es difícil estar seguro de que se trate del mayor de los apuros. ¿Y si llegara un momento peor aún y ya lo hubiéramos utilizado?

—Según ese razonamiento —dijo Nikabrik—, Su Majestad no lo usará hasta que sea demasiado tarde.

—Estoy de acuerdo con eso —coincidió el doctor Cornelius.

—Y ¿qué piensas tú, Trumpkin? —preguntó Caspian.

—Eh, en cuanto a mí —dijo el enano rojo, que había estado escuchando con total indiferencia—, Su Majestad sabe que pienso que el cuerno, y ese pedazo de piedra rota de ahí, y vuestro Sumo Monarca Peter, y vuestro león Aslan, son todo pamplinas. Me da igual cuándo haga sonar Su Majestad el cuerno. Sólo insisto en que al ejército no se le mencione nada al respecto. De nada sirve suscitar esperanzas de ayuda mágica que, en mi opinión, sin duda se verán decepcionadas.

—En ese caso, en el nombre de Aslan, haremos sonar el cuerno de la reina Susan —declaró Caspian.

—Hay una cosa, señor —dijo el doctor Cornelius—, que tal vez debiera hacerse primero. No sabemos qué forma adoptará la ayuda. Puede traer al mismo Aslan desde ultramar; pero yo creo que lo más probable es que traiga a Peter, el Sumo Monarca y a sus poderosos hermanos desde el remoto pasado. No obstante, en cualquier caso, no creo que podamos estar seguros de que la ayuda vaya a llegar a este lugar exactamente...

—Jamás has dicho algo más cierto —indicó Trumpkin.

—Creo —prosiguió el docto tutor— que ellos... o él... regresarán a uno de los antiguos lugares de Narnia. Éste, en el que ahora nos encontramos, es el más antiguo y el más mágico de todos, y aquí, pienso, es donde es más probable que llegue la respuesta. Pero existen otros dos. Uno es el Erial del Farol, río arriba, al oeste del Dique de los Castores, lugar en el que los niños reales aparecieron por primera vez en Narnia, según indican los archivos. El otro es abajo, en la desembocadura del río, donde en el pasado se alzaba su castillo de Cair Paravel. Y si aparece el mismo Aslan, ése sería el mejor lugar para encontrarse con él también, pues todos los relatos cuentan que es el hijo del gran emperador de Allende los Mares, y por mar llegará. Me gustaría enviar mensajeros a ambos lugares, al Erial del Farol y a la desembocadura del río, para recibirlos, a ellos, a él o a lo que sea.

—Justo lo que pensaba —murmuró Trumpkin—. El primer resultado de toda esta bufonada no es conseguir ayuda sino hacer que nos quedemos sin dos combatientes.

—¿A quién enviarías, doctor Cornelius? —preguntó Caspian.

—Las ardillas son las mejores para atravesar territorio enemigo sin que las atrapen —indicó Buscatrufas.

—Todas nuestras ardillas, y no tenemos demasiadas —indicó Nikabrik—, son bastante alocadas. La única en la que podría confiar para un trabajo como ese sería Piesligeros.

—Que sea ella entonces —asintió el rey Caspian—. Y ¿quién puede ser nuestro otro mensajero? Ya sé que tú irías, Buscatrufas, pero no eres veloz. Ni tampoco lo es el doctor Cornelius.

—Yo no pienso ir —declaró Nikabrik—. Con todos estos humanos y bestias por aquí, tiene que haber un enano para ocuparse de que se trate a los enanos con imparcialidad.

—¡Dedales y tormentas! —gritó Trumpkin, enfurecido—. ¿Es así cómo le hablas al rey? Enviadme a mí, señor, yo iré.

—Pero pensaba que no creías en el cuerno, Trumpkin —dijo Caspian.

—Sigo sin creer, Majestad. Pero ¿qué importa eso? Tanto da que muera en una persecución inútil como que lo haga aquí. Sois mi rey, y conozco la diferencia entre dar consejos y aceptar órdenes. Habéis recibido mi consejo, y ahora ha llegado el momento de las órdenes.

—Jamás olvidaré esto, Trumpkin —dijo Caspian—. Que uno de vosotros vaya a buscar a Piesligeros. Y ¿cuándo deberé hacer sonar el cuerno?

—Yo esperaría hasta el amanecer, Majestad —opinó el doctor Cornelius—. Eso en ocasiones da resultado en las actividades de magia blanca.

Unos pocos minutos más tarde llegó Piesligeros y se le explicó su cometido. Puesto que estaba, como la mayoría de ardillas, llena de valentía, empuje, energía, entusiasmo y picardía, por no decir vanidad, en cuanto lo escuchó se mostró ansiosa por partir. Se decidió que correría en dirección al Erial del Farol mientras que Trumpkin realizaría el trayecto hasta la desembocadura del río, que era más corto. Tras una comida ligera los dos partieron con el ferviente agradecimiento y los mejores deseos del monarca, el tejón y Cornelius.

CAPÍTULO 8

Cómo abandonaron la isla

—Y así —dijo Trumpkin, pues, como ya habrás comprendido, era él quien había estado relatando toda aquella historia a los cuatro niños, sentado sobre la hierba de la sala en ruinas de Cair Paravel—, así fue como metí unos mendrugos de pan seco en mi bolsillo, dejé atrás todas las armas excepto mi daga, y me dirigí hacia el bosque con las primeras luces del día. Anduve sin pausa durante muchas horas hasta que oí un sonido que no se parecía a nada que hubiera oído en todos mis días de vida. No lo olvidaré jamás. Todo el aire se llenó de él, sonoro como el trueno pero mucho más largo, fresco y dulce, como música sobre el agua, pero lo bastante poderoso para estremecer los árboles. Y me dije a mí mismo: «Si eso no es el cuerno, podéis llamarme conejo». Y, al cabo de un momento, me pregunté por qué no lo había hecho sonar antes.

—¿Qué hora era? —preguntó Edmund.

—Entre las nueve y las diez de la mañana —respondió el enano.

—¡Justo cuando estábamos en la estación de ferrocarril! —exclamaron los niños, e intercambiaron miradas con ojos brillantes.

—Por favor, sigue —indicó Lucy al enano.

—Bien, tal y como iba diciendo, me intrigó, pero seguí adelante corriendo tan de prisa como me era posible. Seguí así toda la noche, y entonces, cuando empezaba a amanecer esta mañana, como si no tuviera más sentido común que un gigante, me arriesgué a tomar un atajo a través de campo abierto para acortar por una larga curva que describía el río, y me atraparon. No me capturó el ejército, sino un pomposo idiota que está a cargo de un pequeño castillo que es la última fortaleza de Miraz que existe en dirección a la costa. No es necesario que os diga que no consiguieron sacarme nada, pero era un enano y eso fue suficiente. Pero, langostas y langostinos, fue toda una suerte que el senescal fuera un imbécil presumido. Cualquier otro me habría atravesado con su espada allí mismo; pero él no estaba dispuesto a conformarse con nada que no fuera una ejecución a lo grande: quiso enviarme a reunirme con «los fantasmas» con todo el ceremonial necesario. Y entonces esta joven señorita —señaló a Susan con un movimiento de cabeza— llevó a cabo su exhibición de tiro con arco, y fue un gran disparo, permitid que os lo diga, y aquí estamos. Y sin mi armadura, pues desde luego me la quitaron. —Dio unos golpecitos en la pipa para vaciarla y la volvió a llenar.

—¡Válgame el cielo! —dijo Peter—. ¡De modo que fue el cuerno, tu propio cuerno, Su, el que nos arrancó de aquel asiento en el andén ayer por la mañana! Casi no puedo creerlo; sin embargo, todo encaja.

—No sé por qué no ibas a creerlo —intervino Lucy—, si crees en la magia realmente. ¿No existen gran cantidad de historias sobre la magia que saca a la gente de un lugar, de un mundo, y lo lleva a otro? Quiero decir, cuando un mago en *Las mil y una noches* invoca a un genio, éste tiene que aparecer. Nosotros hemos venido, justamente igual.

—Sí —respondió Peter—, supongo que lo que lo convierte en algo tan curioso es que en los relatos es siempre alguien de nuestro mundo quien efectúa la llamada. Uno no piensa realmente en el lugar del que viene el genio.

—Y ahora ya sabemos lo que siente el genio —indicó Edmund con una risita ahogada—. ¡Cáspita! Resulta un poco incómodo saber que se nos puede llamar con un silbido de ese modo. Es peor que lo que dice nuestro padre sobre vivir a merced del teléfono.

—Pero si Aslan nos necesita, deseamos estar aquí, ¿no es cierto? —dijo Lucy.

—Entretanto —dijo el enano—, ¿qué vamos a hacer? Supongo que será mejor que regrese junto al rey Caspian y le diga que aquí no ha llegado ninguna ayuda.

—¿Ninguna ayuda? —dijo Susan—. Pero sí que ha funcionado. Y aquí estamos.

—Hum, hum, sí, sin duda. Ya lo veo —repuso el enano, cuya pipa parecía estar atascada, o por lo menos él se mostró muy atareado limpiándola—. Pero... bien... quiero decir...

—Pero ¿es qué no comprendes aún quiénes somos? —gritó Lucy—. Eres tonto.

—Supongo que sois los cuatro niños salidos de los viejos relatos —dijo Trumpkin—. Y me alegro mucho de conoceros, desde luego. Y resulta muy interesante, sin duda. Pero... ¿no os ofenderéis? —Y volvió a vacilar.

—Haz el favor de seguir y decir lo que quieras decir —dijo Edmund.

—Bueno, pues... sin ánimo de ofender —siguió el enano—; pero, como ya sabéis, el rey, Buscatrufas y el doctor Cornelius esperan... bueno, si comprendéis lo que quiero decir, ayuda. Para expresarlo de otro modo, creo que os han estado imaginando como grandes guerreros. Tal como están las cosas... Nos encantan los niños y todo eso, pero justo en este momento, en mitad de una guerra... Bueno, estoy seguro de que me comprendéis.

—Quieres decir que crees que no servimos de nada —dijo Edmund, enrojeciendo.

—Os lo ruego, no os ofendáis —interrumpió el enano—. Os aseguro, mis queridos y pequeños amigos...

—Que tú nos llames «pequeños» realmente es pasarte de la raya —dijo Edmund, poniéndose en pie de un salto—. ¿Supongo que no crees que ganáramos la batalla de Beruna? Bueno, pues puedes decir lo que quieras sobre mí porque yo sé...

—De nada sirve perder los estribos —dijo Peter—. Equipémoslo con una armadura nueva y equipémonos también nosotros en la sala del tesoro. Ya hablaremos después de eso.

—No veo por qué tenemos que... —empezó Edmund, pero Lucy le susurró al oído.

—¿No sería mejor que hiciéramos lo que dice Peter? Es el Sumo Monarca, ya sabes. Y creo que tiene una idea.

De modo que Edmund accedió y con la ayuda

de su linterna todos, incluido Trumpkin, volvieron a bajar por la escalera en dirección a la oscura frialdad y al polvoriento esplendor de la cámara del tesoro.

Los ojos del enano brillaron al ver las riquezas colocadas en las estanterías —aunque tuvo que colocarse de puntillas para hacerlo— y murmuró para sí:

—No hay que dejar que Nikabrik vea esto; jamás.

No les costó demasiado encontrar una cota de malla para él, ni tampoco una espada, un yelmo, un escudo, un arco y una aljaba llena de flechas, todas de talla enana. El yelmo era de cobre, incrustado de rubíes, y había oro en la empuñadura de la espada: Trumpkin no había visto nunca, y aún menos había llevado puestas, tantas riquezas en toda su vida. Los niños también se pusieron cotas de malla y yelmos; encontraron una espada y un escudo para Edmund y un arco para Lucy, pues Peter y Susan llevaban ya sus regalos. Mientras regresaban escaleras arriba, con las cotas de malla tintineando, parecían y se sentían más próximos a los narnianos que a otros escolares, y los dos niños cerraron la marcha, al parecer preparando un plan. Lucy oyó que Edmund decía:

—No, deja que lo haga. Le fastidiará más si yo gano, y no será una decepción tan grande para todos nosotros si fracaso.

—De acuerdo, Ed —respondió Peter.

Cuando salieron a la luz del día, Edmund se volvió hacia el enano con suma educación y dijo:

—Tengo algo que pedirte. Los chicos como nosotros no tienen a menudo la oportunidad de conocer a un gran guerrero como tú. ¿Querrías celebrar una pequeña competición de esgrima conmigo? Sería algo muy decente por tu parte.

—Pero, muchacho —dijo Trumpkin—, estas espadas están afiladas.

—Lo sé. Pero yo no conseguiré acercarme a ti y tú serás tan hábil que me desarmarás sin hacerme ningún daño.

—Es un juego peligroso —dijo Trumpkin—. Pero puesto que te importa tanto, probaré un pase o dos.

En un instante estuvieron desenvainadas las espadas, y los otros tres saltaron de la tarima y se pusieron a observar. Valió la pena. No fue como esos combates tontos con espadas de dos filos que se contemplan en los escenarios; ni siquiera fue como las peleas con estoques que a veces se ven llevar a cabo con mayor pericia. Fue un auténtico combate con espadones, en el que lo principal es asestar un tajo a las piernas y pies del enemigo porque son la parte que no lleva armadura. Y cuando el adversario te ataca, saltas en el aire con los dos pies juntos de modo que el mandoble pase por debajo de ellos. Aquello daba ventaja al enano, ya que Edmund, al ser mucho más alto, tenía que agacharse todo el tiempo. Seguramente el muchacho no habría tenido la menor posibilidad de haberse enfrentado con Trumpkin veinticuatro horas antes. Pero el aire de Narnia había estado actuando sobre él desde que llegaron a la isla, y recordó todas sus viejas batallas, y sus brazos y piernas recuperaron la antigua destreza. Volvía a ser el rey Edmund. Los dos combatientes describieron círculos sin cesar, mientras asestaban un golpe tras otro, y Susan, a quien jamás había gustado aquello, gritó:

—¡Tened cuidado!

Y entonces, con tal rapidez que nadie —a menos que estuviera al tanto, como estaba Peter— pudo darse cuenta de cómo sucedía, Edmund hizo girar la espada a toda velocidad con una peculiar torsión, la espada del enano salió disparada por los aires y Trumpkin se apretó la mano igual que uno haría al recibir el «aguijonazo» de un bate de críquet.

—No te habrás lastimado, ¿verdad?, querido

amigo —dijo Edmund, algo jadeante mientras devolvía la espada a su vaina.

—Ya lo he entendido —respondió el otro con frialdad—. Sabes un truco que yo no sé.

—Eso es muy cierto —intervino Peter—. Se puede desarmar al mejor espadachín del mundo mediante un truco que no conozca. Creo que lo justo es dar a Trumpkin una oportunidad en otro campo. ¿Te gustaría celebrar una competición de tiro al blanco con mi hermana? No existen trucos en el tiro al arco, ¿sabes?

—Ya veo que sois unos bromistas —respondió el enano—. Cómo si no supiera lo buena tiradora que es, después de lo sucedido esta mañana. De todos modos, lo probaré.

Lo dijo en tono brusco, pero sus ojos se iluminaron, pues era un arquero famoso entre los suyos.

Los cinco salieron al patio.

—¿Qué usaremos como diana?

—Creo que esa manzana que cuelga de aquella rama sobre el muro servirá —indicó Susan.

—Ésa está muy bien, muchacha —dijo Trumpkin—. ¿Te refieres a aquella amarilla cerca de la parte central del arco?

—No, ésa no —respondió ella—. La roja de allí arriba; encima de la almena.

—Parece más una cereza que una manzana —murmuró el enano, poniendo cara larga, pero no dijo nada en voz alta.

Echaron una moneda al aire para ver quién disparaba primero, algo que despertó un gran interés en Trumpkin, que jamás había visto lanzar una moneda, y Susan perdió. Dispararían desde lo alto de la escalinata que conducía de la sala al patio, y todos comprendieron, por el modo en que el enano se colocaba y manejaba el arco, que sabía lo que hacía.

Clang, chasqueó la cuerda. Fue un disparo magnífico. La diminuta manzana se movió al pasar la flecha, y una hoja revoloteó hasta el suelo. A continuación Susan se apostó en lo alto de la escalinata y tensó su arco. No disfrutaba con el concurso ni la mitad de lo que había disfrutado Edmund; no porque sintiera alguna duda sobre si acertaría a la manzana sino porque era tan bondadosa que casi le dolía vencer a alguien que ya había sido vencido. El enano observó con profundo interés mientras su adversaria se acercaba la flecha a la oreja. Al cabo de un instante, con un sordo chasquido que todos oyeron perfectamente en aquel lugar tan silencioso, la manzana cayó sobre la hierba atravesada por la flecha de Susan.

—Muy bien, Su —gritaron los otros niños.

—En realidad no ha sido mejor que tu disparo —dijo Susan al enano—. Creo que soplaba un poco de aire cuando disparaste.

—No, no es cierto —repuso Trumpkin—. No lo digas. Sé cuando me han vencido en buena lid. Ni siquiera mencionaré que la cicatriz de la última herida que recibí me molesta un poco cuando echo hacia atrás el brazo.

—¿Estás herido? —preguntó Lucy—. Deja que le eche un vistazo.

—No es una visión agradable para una niña —empezó a decir Trumpkin, pero en seguida se interrumpió—. Ya vuelvo a hablar como un idiota —dijo—. Supongo que resultarás ser tan buena cirujana como tu hermano espadachín o tu hermana tiradora con arco.

Se sentó en los peldaños, se quitó la coraza y se despojó de la camisa, mostrando un brazo tan peludo y fornido (en proporción) como el de un marino, aunque no mucho más grande que el de un niño. El hombro lucía un vendaje chapucero que Lucy procedió a desenrollar. Debajo de las vendas, el corte tenía bastante mal aspecto y estaba muy inflamado.

—¡Oh!, pobre Trumpkin —exclamó la niña—. ¡Qué horroroso!

Luego procedió a verter sobre la herida, con sumo cuidado, una gota del licor de su frasco.

—¡Oye! ¿Eh? ¿Qué has hecho? —inquirió el enano.

Pero por mucho que volviera la cabeza, bizqueara y sacudiera la barba de un lado a otro, no conseguía ver bien su hombro. Entonces lo palpó lo mejor que pudo, colocando brazos y dedos en posiciones imposibles como uno hace al intentar rascarse en un lugar situado fuera de su alcance. A continuación balanceó el brazo, lo levantó y puso a prueba los músculos, y finalmente se puso en pie de un salto exclamando:

—¡Gigantes y jamelgos! ¡Está curado! ¡Está

como nuevo! —Dicho aquello profirió una sonora carcajada y siguió—: Vaya, he hecho el ridículo como ningún enano lo ha hecho jamás. No estaréis ofendidos, espero. Presento mis más humildes respetos a Vuestras Majestades... Mis más humildes respetos. Y os doy las gracias por salvarme la vida, curarme, darme de desayunar... y darme, también, una lección.

Todos los niños dijeron que no pasaba nada y que ni lo mencionara.

—Y ahora —dijo Peter—, si realmente has decidido creer en nosotros...

—¡Por supuesto!

—Está muy claro lo que debemos hacer. Tenemos que reunirnos con Caspian de inmediato.

—Cuanto antes mejor —asintió Trumpkin—. Mi estúpido comportamiento ya nos ha hecho perder casi una hora.

—Son unos dos días de viaje, por el camino que tomaste —dijo Peter—. Para nosotros, quiero decir. No podemos andar todo el día y toda la noche como vosotros, los enanos. —Entonces se volvió hacia los demás—. Evidentemente, lo que Trumpkin denomina el Altozano de Aslan es la Mesa de Piedra. Recordaréis que había más o menos medio día de marcha, o un poco menos, desde allí hasta los Vados de Beruna...

—El Puente de Beruna, lo llamamos —indicó Trumpkin.

—No existía ningún puente en nuestra época —repuso Peter—. Y luego desde Beruna hasta llegar aquí era otro día y un poco más. Por lo general llegábamos a casa aproximadamente a la hora de la cena del segundo día, andando sin prisas. Yendo de prisa, quizá podríamos realizar todo el trayecto en un día y medio.

—Pero recuerda que ahora todo está lleno de bosques —dijo Trumpkin—, y también hay que esquivar al enemigo.

—Escuchad —intervino Edmund—, ¿es necesario ir por el mismo camino que utilizó nuestro «Querido Amiguito»?

—No sigáis con eso, Majestad, si me apreciáis —protestó el enano.

—Muy bien —respondió éste—. ¿Podría decir nuestro QA?

—Vamos, Edmund —dijo Susan—, no sigas tratándolo así.

—No pasa nada, muchacha... quiero decir, Majestad —dijo Trumpkin con una risita—. Una mofa no levanta ampollas.

Y después de aquello lo llamaron tan a menudo QA que llegó un momento en que casi olvidaron lo que significaba la sigla.

—Como decía —continuó Edmund— no es necesario que vayamos por ahí. ¿Por qué no podríamos remar un poco en dirección sur hasta llegar
al Cabo del Mar de Cristal y luego remar hasta
tierra? Eso nos conduciría justo detrás de la Colina de la Mesa de Piedra. Además, estaremos a
salvo mientras nos hallemos en el mar. Si nos po-
nemos en marcha al momento, podemos estar en
el Cabo del Mar de Cristal antes de que anochez-
ca, dormir unas cuantas horas, y llegar hasta Caspian muy temprano mañana.

—Qué gran cosa es conocer la costa —dijo
Trumpkin—. Ninguno de nosotros sabe nada sobre el Mar de Cristal.

—¿Qué hay de la comida? —preguntó Susan.

—Tendremos que arreglárnoslas con manzanas
—respondió Lucy—. Pongámonos en marcha de
una vez. No hemos hecho nada aún, y llevamos
aquí casi dos días.

—Ah, y por si se os había ocurrido, nadie va a
volver a usar mi gorra como cesto para el pescado
—declaró Edmund.

Utilizaron uno de los impermeables a modo de
bolsa y colocaron una buena cantidad de manzanas en su interior. Luego todos tomaron un buen
trago de agua en el pozo, ya que no encontrarían
más agua potable hasta que desembarcaran en el

Cabo del Mar de Cristal, y bajaron hasta donde estaba el bote. Los niños se sintieron apenados por tener que abandonar Cair Paravel, pues incluso en ruinas, de nuevo había empezado a parecerles su hogar.

—Será mejor que el QA se ponga al timón —dijo Peter— y Ed y yo nos haremos cargo de un remo cada uno. Esperad un momento. Más vale que nos quitemos las cotas de malla: vamos a sudar bastante antes de haber acabado. Las chicas que se coloquen en la proa y vayan dando instrucciones al QA, porque no conoce el camino. Será mejor que nos llevéis bastante mar adentro hasta que hayamos dejado atrás la isla.

Y, muy pronto, la verde costa poblada de árboles de la isla quedó atrás, sus pequeñas bahías y cabos se tornaron más planos, y la embarcación se balanceó en el suave oleaje. El mar fue ensanchándose a su alrededor y tornándose más azul a lo lejos, mientras que alrededor del bote aparecía verde y burbujeante. Todo olía a sal, y no se oía otro ruido que el susurro del agua, el chapoteo de las olas contra los costados, el salpicar de los remos y el traqueteo de los escálamos. El sol empezó a calentar con fuerza.

Estar en la proa resultó delicioso para Lucy y Susan, que se inclinaban por encima del borde e intentaban introducir las manos en el agua sin conseguirlo. El fondo, en su mayor parte compuesto de arena limpia y clara pero con alguna que otra parcela de algas color púrpura, se distinguía perfectamente debajo de ellos.

—Es como en los viejos tiempos —declaró Lucy—. ¿Recuerdas nuestro viaje a Terebinthia, a Galma, a las Siete Islas y a las Islas Solitarias?

—Sí —respondió Susan—, ¿y recuerdas tú nuestra gran nave, el *Esplendor diáfano*, con la cabeza de cisne en la proa y las alas de cisne talladas que retrocedían casi hasta el combés?

—¿Y las velas de seda, y los enormes faroles de popa?

—Y los banquetes en la toldilla y los músicos.

—¿Recuerdas cuando hicimos que los músicos tocaran la flauta en las jarcias para que pareciera música salida del cielo?

Al cabo de un rato Susan se hizo cargo del remo de Edmund y éste fue a reunirse con Lucy en la proa. Ya habían dejado atrás la isla y se hallaban más cerca de la costa, que estaba desierta y llena de árboles. La habrían encontrado muy bonita de no haber recordado la época en que estaba despejada y ventosa y llena de alegres camaradas.

—¡Uf! Es una tarea agotadora —dijo Peter.

—¿Puedo remar un rato? —preguntó Lucy.

—Los remos son demasiado grandes para ti —respondió Peter con sequedad, no porque estuviera enojado sino porque no le quedaban fuerzas para conversar.

CAPÍTULO 9

Lo que vio Lucy

Susan y los dos muchachos estaban totalmente agotados de tanto remar cuando por fin rodearon el último cabo e iniciaron el trecho final en el interior del Mar de Cristal, y a Lucy le dolía la cabeza debido a las largas horas pasadas al sol y al resplandor del agua. Incluso Trumpkin ansiaba que el viaje tocara a su fin. El asiento que ocupaba para dirigir el timón había sido hecho para hombres, no para enanos, y sus pies no alcanzaban las tablas del suelo; y todo el mundo sabe lo incómodo que es eso aunque sólo sea durante diez minutos. Y a medida que el cansancio iba en aumento, los ánimos también decaían. Hasta aquel momento los niños únicamente habían pensado en el modo de llegar hasta Caspian; ahora se preguntaban qué harían cuando lo encontraran y cómo un puñado de enanos y criaturas de los bosques podrían derrotar a un ejército de humanos adultos.

Anochecía mientras remaban despacio, ascendiendo por los recovecos de la Cala del Mar de Cristal; un crepúsculo que se intensificaba a medida que ambas orillas se acercaban y las ramas de los árboles, extendidas sobre el agua, casi se tocaban. Reinaba un gran silencio allí mientras el sonido del mar se apagaba a su espalda; oían incluso el discurrir de los pequeños arroyos que descendían del bosque para desaguar en el Mar de Cristal.

Finalmente desembarcaron, demasiado cansados para intentar encender una hoguera, e incluso una cena a base de manzanas —aunque muchos se dijeron que no querían volver a ver una manzana en su vida— pareció mejor que intentar pescar o cazar algo. Tras un corto período de silenciosa masticación se acostaron bien juntos sobre el musgo y las hojas secas entre cuatro enormes hayas.

Todos excepto Lucy se durmieron de inmediato. La niña, que estaba mucho menos cansada, descubrió que le resultaba imposible sentirse cómoda. Además, hasta aquel momento había olvidado que todos los enanos roncaban. Puesto que sabía que el mejor modo de conseguir dormirse es dejar de intentar hacerlo, abrió los ojos. A través de una abertura en los helechos y las ramas distinguió un trozo de agua de la cala y el cielo sobre éste. Luego, con un recuerdo emocionado, volvió a ver, después de tantos años, las brillantes estrellas de Narnia. En otro tiempo las había conocido mejor que las estrellas de nuestro propio mundo, porque como reina en Narnia se había ido a dormir mucho más tarde que como niña en su país. Allí estaban; al menos se podían ver tres de las constelaciones de verano desde donde ella se encontraba: la Nave, el Martillo y el Leopardo.

—El querido Leopardo —murmuró para sí, llena de felicidad.

En lugar de adormilarse, cada vez se sentía más despierta, con una curiosa clase de nebuloso insomnio nocturno. La cala resultaba más brillante por momentos, y comprendió que la luna se hallaba sobre ella, a pesar de que no podía verla. Y entonces empezó a percibir que el bosque despertaba igual que ella. Sin apenas saber el motivo, se levantó rápidamente y se apartó un poco del improvisado campamento.

—Esto es precioso —se dijo.

El aire era fresco y limpio, con aromas deliciosos flotando por doquier. De algún punto cercano le llegó el gorjeo de un ruiseñor que empezaba a cantar, luego se detenía, luego volvía a empezar. Al frente se veía un poco más de luz, de modo que fue hacia allí y llegó a un lugar en el que crecían menos árboles y había enormes zonas iluminadas por la luna, pero la luz de la luna y las sombras se entremezclaban de tal modo que uno no podía estar seguro de dónde estaba nada ni de qué era lo que veía. En aquel instante el ruiseñor, satisfecho por fin con su afinación, rompió a cantar.

Los ojos de Lucy empezaron a adaptarse a la luz disponible y vio los árboles situados más cerca con mayor nitidez. Una gran añoranza de los tiempos en que los árboles podían hablar en Narnia se apoderó de ella. Sabía con exactitud cómo debería hablar cada uno de ellos si pudiera despertarlos, y qué clase de forma humana adoptaría. Contempló un abedul plateado: éste poseería una voz dulce y lluviosa y tendría la apariencia de una joven delgada, con los cabellos desparramados sobre el rostro y gran amante de la danza. Miró el roble: éste sería un anciano arrugado pero vigoroso, con una barba rizada y verrugas en el rostro y las manos, y pelos creciendo en las verrugas. Clavó la mirada en el haya bajo la que se encontraba. ¡Aquél sería el mejor de todos! Sería una diosa gentil, refinada y majestuosa, la dama del bosque.

—Árboles, árboles, árboles —dijo Lucy, aunque no había sido su intención hablar en voz alta—. ¡Despertad, despertad, despertad, árboles! ¿No os acordáis? ¿No os acordáis de mí? Dríadas y náyades, salid, venid a mí.

A pesar de que no soplaba ni una ráfaga de aire todos se agitaron a su alrededor y el susurro de las hojas sonó casi igual que las palabras. El ruiseñor dejó de cantar como si quisiera escuchar, y Lucy tuvo la impresión de que en cualquier momento comprendería lo que los árboles intentaban decir. Pero el momento no llegó, el susurro de las hojas se apagó, y el ruiseñor reanudó su canto. Incluso a la luz de la luna el bosque volvía a pare-

cer más vulgar. Sin embargo, Lucy tenía la sensación, igual que cuando uno intenta recordar un nombre o una fecha y está a punto de conseguirlo, pero se le olvida en el último momento, de que se le había escapado algo: como si hubiera hablado con los árboles una milésima de segundo demasiado pronto o demasiado tarde o utilizado todas las palabras correctas excepto una o añadido una palabra totalmente equivocada.

Repentinamente empezó a sentirse cansada. Regresó al campamento, se acurrucó entre Susan y Peter, y se durmió en cuestión de minutos.

La mañana siguiente les ofreció un despertar frío y melancólico, con una media luz gris —el sol no había salido aún— y todo a su alrededor húmedo y sucio.

—¡Manzanas, bah! —exclamó Trumpkin con una mueca pesarosa—. Debo deciros que vosotros, antiguos reyes y reinas, ¡no sobrealimentáis precisamente a vuestros cortesanos!

Se levantaron, se sacudieron la ropa y miraron a su alrededor. Los árboles estaban muy pegados y no veían más allá de unos metros en cualquier dirección.

—¿Supongo que Sus Majestades conocen el camino perfectamente? —observó el enano.

—Yo no —respondió Susan—. Nunca antes había visto estos bosques. En realidad yo creía que lo mejor era ir por el río.

—¡Pues haberlo dicho antes! —replicó Peter, con disculpable rudeza.

—Vamos, no le hagas ni caso —dijo Edmund—. Siempre ha sido una aguafiestas. Tienes esa brújula de bolsillo, ¿verdad, Peter? Bien, pues no hay de qué preocuparse. Sólo tenemos que seguir en dirección noroeste... cruzar ese río pequeño, el ¿cómo lo llamas? El Torrente...

—Ya lo sé —respondió su hermano—, es el que se une al gran río en los Vados de Beruna o el Puente de Beruna, como lo llama nuestro QA.

—Es cierto. Lo cruzamos y marchamos colina arriba, y estaremos en la Mesa de Piedra, en el Altozano de Aslan, imagino, entre las ocho y las nueve. ¡Espero que el rey Caspian nos ofrezca un buen desayuno!

—Confío en que tengas razón —dijo Susan—. Esto no me suena nada.

—Eso es lo peor de las chicas —comentó Edmund a Peter y al enano—; jamás llevan un mapa en la cabeza.

—Eso se debe a que tenemos algo más dentro de ella —replicó Lucy.

Al principio, las cosas parecían ir bastante bien. Incluso pensaron que habían dado con el viejo sendero, pero si conoces un poco los bosques, sabrás que siempre se encuentran senderos imaginarios. Desaparecen al cabo de cinco minutos y entonces parece como si se encontrara otro, y uno espera que no sea otro sino una nueva parte del antiguo, y éste desaparece también, y una vez que se ha ido a parar bien lejos de la dirección correcta uno comprende que ninguno de ellos era un sendero de verdad. De todos modos, los chicos y el enano estaban acostumbrados a los bosques y no se dejaron engañar durante más de unos segundos.

Llevaban una media hora de lento avance —tres de ellos estaban totalmente entumecidos por haber tenido que remar el día anterior— cuando Trumpkin susurró de improviso:

—Deteneos. —Todos obedecieron—. Nos sigue

algo —anunció en voz baja—. O más bien nos acompaña; por allí a la izquierda.

Se quedaron muy quietos, escuchando y mirando con atención hasta que les dolieron las orejas y los ojos.

—Será mejor que tú y yo coloquemos una flecha en el arco —indicó Susan a Trumpkin.

El enano asintió y, en cuanto los dos arcos estuvieron preparados para entrar en acción, el grupo reanudó la marcha.

Recorrieron con ojo avizor unas cuantas docenas de metros por un terreno con árboles bastante despejado. Luego llegaron a un lugar en el que el monte bajo se espesaba y tenían que pasar más cerca de él. Justo cuando cruzaban por allí, algo apareció de improviso como una rugiente exhalación, surgiendo como un rayo de entre las ramas que se quebraban. Lucy cayó al suelo sin aliento, escuchando el chasquido de la cuerda de un arco mientras caía. Cuando volvió a ser consciente de lo que la rodeaba, vio a un enorme oso gris de aspecto feroz que yacía muerto con la flecha de Trumpkin clavada en el flanco.

—El QA te ha vencido en ese disparo, Su —dijo Peter con una sonrisa ligeramente forzada, pues incluso él se había sentido conmocionado por aquella aventura.

—He... he esperado demasiado —respondió Susan, en tono avergonzado—. Tenía tanto miedo de que se tratara de, ya sabes, uno de nuestros queridos osos, un oso parlante. —La niña odiaba matar.

—Ése es el problema —indicó Trumpkin—, pues aunque la mayoría de osos se han vuelto enemigos y mudos, aún quedan algunos de los otros. Nunca se sabe, pero uno no puede arriesgarse a esperar para comprobarlo.

—Pobre Bruin —dijo Susan—. ¿No creerás que era él?

—No era él —declaró el enano—. Vi el rostro y oí el rugido. Sólo quería a la pequeña como desayuno. Y hablando de desayunos, no quise desanimar a Sus Majestades cuando dijeron que esperaban que el rey Caspian les ofreciera uno abundante: pero la carne escasea bastante en el campamento. Y un oso es un buen manjar. Sería una vergüenza abandonar el cuerpo sin tomar un poco, y no nos retrasará más de media hora. Quizá vosotros dos, jovencitos, reyes, debería decir, sepáis cómo desollar un oso...

—Vayamos a sentarnos un poco más allá —sugirió Susan a Lucy—. Eso va a ser una chapuza horrible.

Lucy se estremeció y asintió, y una vez que estuvieron sentadas dijo:

—Se me acaba de ocurrir una idea atroz, Su.

—¿Cuál?

—¿No sería terrible si un día, en nuestro propio mundo, allá en casa, los hombres se volvieran salvajes, como los animales aquí, pero siguieran teniendo el aspecto de hombres, de modo que nunca se supiera quién era qué?

—Ya tenemos bastante de qué preocuparnos aquí y ahora en Narnia —repuso la práctica Susan— sin tener que imaginar cosas como ésa.

Cuando volvieron a reunirse con los muchachos y el enano, éstos ya habían cortado tanto de la mejor carne del animal como pensaban que podían transportar. La carne cruda no es una cosa agradable que meterse en los bolsillos, pero la envolvieron en hojas frescas y se las arreglaron como pudieron. Tenían suficiente experiencia como para saber que pensarían de modo muy distinto respecto a aquellos paquetes blandos y asquerosos cuando llevaran andando el tiempo suficiente y estuvieran realmente hambrientos.

Reanudaron la penosa marcha —deteniéndose para lavar tres pares de manos que lo necesitaban en el primer arroyo que encontraron— hasta que salió el sol y los pájaros empezaron a cantar, y más moscas de las deseadas se pusieron a zumbar en los helechos. La rigidez producto del manejo de los remos del día anterior empezó a disiparse y a todos se les levantó el ánimo. El sol empezó a calentar y tuvieron que quitarse los yelmos y llevarlos en la mano.

—Supongo que vamos bien, ¿no? —inquirió Edmund una hora más tarde.

—No veo cómo podemos ir mal mientras no nos desviemos demasiado a la izquierda —declaró Peter—. Si nos dirigimos demasiado a la derecha, lo peor que puede suceder es que perdamos un poco de tiempo al tropezar con el Gran Río demasiado pronto y que no podamos tomar el atajo.

Y de nuevo siguieron avanzando lentamente sin oír otro sonido que el golpear de sus pies en el suelo y el tintineo de sus cotas de malla.

—¿Adónde ha ido a parar ese condenado Torrente? —inquirió Edmund al cabo de un buen rato.

—Desde luego pensaba que habríamos dado con él ya —dijo su hermano—. Pero no podemos hacer otra cosa que seguir adelante.

Los dos se dieron cuenta de que el enano los contemplaba con ansiedad, pero éste no dijo nada.

Y siguieron caminando y sus cotas de malla empezaron a resultar muy pesadas y calurosas.

—¿Qué diablos...? —exclamó Peter de repente.

Habían ido a parar, sin darse cuenta, casi al borde de un pequeño precipicio desde el que se podía contemplar una garganta con un río en el fondo. En el otro extremo, el precipicio era mucho más alto. Ningún miembro del grupo, excepto Edmund y tal vez Trumpkin, sabía nada sobre escalar.

—Lo siento —se disculpó Peter—, es culpa mía por venir por aquí. Nos hemos perdido. Jamás en la vida había visto este lugar.

El enano emitió un sordo silbido por entre los dientes.

—Demos media vuelta y vayamos por el otro camino —propuso Susan—. Desde el principio sabía que nos perderíamos en estos bosques.

—¡Susan! —reprendió Lucy—. No sermonees a Peter de ese modo. Es odioso y, además, él hace lo que puede.

—Y tú no regañes tampoco a Su de ese modo —intervino Edmund—. Creo que tiene toda la razón.

—¡Tinas y tinajas! —exclamó Trumpkin—. Si nos hemos perdido en el camino de ida, ¿qué posibilidades tenemos de encontrar el camino de vuelta? Y si hemos de regresar a la isla y empezar de nuevo desde el principio... incluso suponiendo que pudiéramos... más nos valdría dejarlo así.

Miraz habrá acabado con Caspian antes de que consigamos llegar si seguimos como hasta ahora.

—¿Crees que deberíamos seguir adelante? —preguntó Lucy.

—No estoy seguro de que el Sumo Monarca se haya perdido —respondió Edmund—. ¿Qué impide que este río sea el Torrente?

—Pues que el Torrente no está en una garganta —dijo Peter, conteniéndose con cierta dificultad.

—Su Majestad dice «está» —replicó el enano—, pero ¿no debería decir «estaba»? Conocisteis este país hace cientos, tal vez miles, de años. ¿No podría haber cambiado? Un desprendimiento de tierras podría haber arrancado la mitad de la ladera de esa colina, dejando roca viva, y eso habría creado los precipicios que hay más allá de la garganta. Luego el Torrente habría ido hundiendo su curso año tras año hasta formar los precipicios pequeños de este lado. También podría haber habido un terremoto o algo parecido.

—No se me había ocurrido —dijo Peter.

—Y, de todos modos —siguió Trumpkin—, incluso aunque no sea el Torrente, fluye más o menos hacia el norte y, por lo tanto, tiene que ir a parar al Gran Río igualmente. Creo que pasé junto a algo que podría haber sido él cuando me dirigía al mar. Así pues, si seguimos río abajo, por nuestra derecha, daremos con el Gran Río. Tal vez no tan arriba como esperábamos, pero al menos no estaremos peor que si hubiéramos ido por el camino que utilicé.

—Trumpkin, eres un gran tipo —dijo Peter—. Vamos, pues. Bajemos por este lado de la garganta.

—¡Mirad! ¡Mirad! ¡Mirad! —gritó Lucy.

—¿Dónde? ¿Qué? —dijeron todos.

—El león —respondió ella—. El mismo Aslan. ¿No lo habéis visto? —Su rostro había cambiado por completo y sus ojos brillaban.

—¿Realmente quieres decir que...? —empezó Peter.

—¿Dónde te ha parecido verlo? —inquirió Susan.

—No hables igual que un adulto —dijo Lucy, golpeando el suelo con el pie—. No me «ha parecido» verlo. Lo he visto.

—¿Dónde, Lu? —quiso saber Peter.

—Justo allí arriba, entre aquellos serbales. No, a este lado de la garganta. Y arriba, no abajo. Justo en la dirección opuesta a la que queréis tomar. Y quería que fuéramos hacia donde estaba él: ahí arriba.

—¿Cómo sabes que era eso lo que quería? —quiso saber Edmund.

—Él... yo... simplemente lo sé por su rostro.

Sus compañeros intercambiaron miradas en medio de un perplejo silencio.

—Es muy probable que Su Majestad haya visto un león —intervino Trumpkin—. Hay leones en estos bosques, según me han contado. Pero no tendría por qué haber sido un león amistoso y parlante, como tampoco lo era el oso.

—Vamos, no seas tan estúpido —dijo Lucy—. ¿Crees que no reconozco a Aslan cuando lo veo?

—¡Sería un león bastante anciano a estas alturas —observó Trumpkin—, si lo conocisteis la otra vez que estuvisteis aquí! Y si pudiera ser el mismo, ¿qué le habría impedido volverse salvaje y necio como tantos otros?

Lucy enrojeció violentamente y creo que se habría arrojado sobre el enano, si Peter no hubiera posado la mano sobre su brazo.

—El QA no lo entiende. ¿Cómo iba a hacerlo? Debes aceptar, Trumpkin, que realmente conocemos a Aslan; sabemos ciertas cosas sobre él, quiero decir. Y no debes hablar de él de ese modo. No trae buena suerte, para empezar: y no son más que disparates, por otra parte. La única cuestión es si Aslan estaba realmente allí.

—Pero yo sé que sí estaba —insistió Lucy mientras sus ojos se llenaban de lágrimas.

—Sí, Lu, pero nosotros no lo sabemos, ¿comprendes? —dijo Peter.

—No se puede hacer otra cosa que votar —indicó Edmund.

—De acuerdo —repuso Peter—. Tú eres el mayor, QA. ¿Por qué votas? ¿Subimos o bajamos?

—Bajamos —contestó el enano—. No sé nada sobre Aslan. Pero sí sé que si giramos a la izquierda y seguimos la garganta hacia arriba, podríamos andar todo el día antes de encontrar un lugar por donde cruzarla. Mientras que si giramos a la derecha y descendemos, acabaremos por llegar al Gran Río en un par de horas. Y si hay leones auténticos por ahí, lo que debemos hacer es alejarnos de ellos, no ir a su encuentro.

—¿Qué dices tú, Susan?

—No te enojes, Lu —respondió ésta—, pero realmente creo que debemos bajar. Estoy muerta de cansancio. Salgamos de este espantoso bosque y vayamos a campo abierto tan rápido como podamos. Y ninguno de nosotros excepto tú ha visto nada.

—¿Edmund? —preguntó Peter.

—Bueno, lo que sucede es esto —dijo él, hablando muy de prisa a la vez que enrojecía ligeramente—; cuando descubrimos Narnia hace un año, o mil años, da lo mismo, fue Lucy quien llegó primero y ninguno de nosotros quiso creerla. Yo menos que nadie, ya lo sé. Sin embargo, ella tenía razón. ¿No sería justo creerla ahora? Yo voto por subir.

—¡Gracias, Edmund! —dijo Lucy y le oprimió la mano.

—Y ahora te toca a ti, Peter —dijo Susan—. Y realmente confío en que...

—Vamos, callaos, callaos y dejad que piense —la interrumpió él—. Preferiría no tener que votar.

—Eres el Sumo Monarca —observó Trumpkin con voz severa.

—Abajo —declaró Peter con firmeza tras una larga pausa—. Sé que Lucy puede tener razón después de todo, pero no puedo evitarlo. Debemos hacer una cosa u otra.

Así pues, giraron hacia la derecha siguiendo el borde, río abajo. Y Lucy iba la última del grupo, llorando amargamente.

CAPÍTULO 10

El regreso del león

Seguir por el borde de la garganta no resultó tan fácil como parecía. No llevaban recorridos muchos metros cuando se encontraron con jóvenes bosques de abetos que crecían justo en el borde, y después de que intentaran atravesarlos, agachándose y apartando ramas durante unos diez minutos, comprendieron que, allí dentro, tardarían horas en recorrer un kilómetro. Así pues, dieron media vuelta y decidieron rodear el bosque. Aquello los condujo mucho más a la derecha de

lo que deseaban ir, tan lejos que dejaron de ver los riscos y oír el río, hasta que llegó un momento en que temieron haberlo perdido por completo. Nadie sabía qué hora era, pero empezaban a acercarse a la hora más calurosa del día.

Cuando por fin consiguieron regresar al borde de la garganta —casi dos kilómetros más abajo del punto del que habían partido— descubrieron que los acantilados de su lado de la garganta eran mucho más bajos y accidentados. No tardaron en localizar un camino para descender a la cañada y proseguir la marcha por la orilla del río. Pero primero descansaron y bebieron un buen trago. Nadie hablaba ya de desayunar, ni siquiera de comer, con Caspian.

Tal vez lo más sensato fuera seguir el Torrente en lugar de avanzar por la parte alta del acantilado, pues los mantenía seguros de la dirección en que avanzaban: desde el encuentro con el bosque de abetos todos habían temido verse obligados a apartarse demasiado de su ruta y perderse en el bosque. Era un lugar antiguo y sin senderos, y era imposible andar en línea recta por él. Zonas de zar-

zas imposibles, árboles caídos, pantanos y maleza espesa se cruzaban continuamente en su camino. No obstante, la garganta del Torrente tampoco
era un lugar agradable por el que viajar. Quiero
decir que no era un lugar agradable para quien lleva prisa, aunque resultaría un lugar ideal para dar
un paseo tras una merienda campestre. Contaba
con todo lo que se podría desear en una ocasión
parecida; cataratas atronadoras, cascadas platea-
das, profundos estanques de color ambarino, rocas
cubiertas de musgo y gruesas capas de musgo en
las riberas en las que uno podía hundirse hasta los
tobillos, todas las especies existentes de helechos,
libélulas que brillaban como joyas diminutas, de
vez en cuando un halcón sobrevolaba el cielo y en
una ocasión —según les pareció a Peter y a Trumpkin— un águila. Pero desde luego lo que los niños
y el enano deseaban contemplar lo antes posible
era el Gran Río a sus pies y Beruna, así como el
sendero que conducía al Altozano de Aslan.

A medida que andaban, el Torrente empezó a
descender más vertiginosamente y el viaje se convirtió más en una ascensión que en una caminata;
en algunos lugares incluso se trataba de una peli-
grosa escalada por rocas resbaladizas con un terrible precipicio que se hundía en oscuras simas y
con el río rugiendo furioso en el fondo.

Puedo asegurar que observaban ansiosamente los acantilados a su izquierda en busca de alguna señal de una abertura o de algún lugar por el que pudieran escalarlos; pero los riscos siguieron mostrándose despiadados con ellos. Resultaba exasperante, porque todos sabían que si conseguían salir de la garganta por aquel lado encontrarían al fin una suave ladera y una corta caminata hasta el cuartel general de Caspian.

Los niños y el enano se mostraron entonces a favor de encender una hoguera y cocinar la carne de oso. Susan no estaba de acuerdo; sólo deseaba, tal como dijo: «Seguir adelante y acabar con esto, y salir de semejantes bosques horrendos». Lucy, por su parte, se sentía demasiado cansada y desdichada para opinar. De todos modos, puesto que no había forma de encontrar leña seca, importaba muy poco lo que pensaran los caminantes. Los niños empezaron a preguntarse si la carne cruda era realmente tan desagradable como les habían dicho siempre. Trumpkin les aseguró que sí.

Desde luego, si los niños hubieran intentado realizar un viaje parecido a aquél días atrás, en su propio país, habrían quedado hechos polvo. Creo que ya he explicado antes que Narnia los estaba transformando. Incluso Lucy era en aquellos momentos, por así decirlo, sólo en una tercera parte una niña pequeña que iba al internado por primera vez, y en las otras dos partes, la reina Lucy de Narnia.

—¡Por fin! —gritó Susan.

—¡Hurra! —exclamó Peter.

La garganta del río acababa de doblar un recodo y todo el territorio se extendió a sus pies. Distinguieron un terreno abierto que se alargaba ante ellos hasta la línea del horizonte y, entre éste y ellos, la amplia cinta plateada del Gran Río. Pudieron ver, incluso, la zona especialmente amplia y poco profunda que en el pasado habían sido los Vados de Beruna pero que ahora atravesaba un puente de numerosos arcos. Había una ciudad pequeña al otro lado.

—¡Vaya! —dijo Edmund—. ¡Libramos la Batalla de Beruna justo donde está la ciudad!

Aquello animó a los muchachos más que otra cosa. Uno no puede evitar sentirse más fuerte cuando contempla el lugar donde obtuvo una victoria gloriosa, por no mencionar un reino, cientos de años atrás. Peter y Edmund no tardaron en estar tan absortos charlando sobre la batalla que se olvidaron de sus pies doloridos y del terrible estorbo que significaban las cotas de malla sobre sus hombros. El enano también se sintió interesado.

Avanzaban a un paso más rápido entonces, y la marcha resultaba más fácil. A pesar de que seguían existiendo acantilados a su izquierda, el terreno descendía a su derecha y no tardó en dejar de ser una cañada para convertirse en un valle. Desaparecieron las cascadas y al poco tiempo se encontraron de nuevo en medio de bosques bastante espesos.

Entonces —de improviso— escucharon un silbido junto con un sonido parecido al golpear de un pájaro carpintero. Los niños se preguntaban aún dónde, hacía una eternidad, habían oído un sonido como aquél y por qué les desagradaba tanto, cuando Trumpkin gritó: «¡Al suelo!», a la vez que obligaba a Lucy, que por casualidad estaba junto a él, a caer de bruces sobre los helechos. Peter, que miraba hacia arriba por si podía distinguir alguna ardilla, había visto de qué se trataba: una flecha larga y mortífera se había clavado en el tronco de un árbol justo por encima de su cabeza. Mientras empujaba a Susan al suelo y se dejaba caer también, otro proyectil pasó rozándole el hombro y se hundió en el suelo a su lado.

—¡Rápido! ¡Rápido! ¡Retroceded! ¡Arrastraos! —jadeó Trumpkin.

Dieron media vuelta y se deslizaron colina arri-

ba, bajo los helechos, por entre nubes de horribles moscas que zumbaban sin parar y con flechas silbando a su alrededor. Una golpeó el yelmo de Susan con un agudo chasquido y rebotó en el suelo. Se arrastraron más de prisa, sudorosos. Luego corrieron, doblándose casi por la mitad. Los niños sostenían las espadas en la mano por temor a tropezar con ellas.

Fue una tarea angustiosa; de nuevo colina arriba todo el tiempo, regresando por donde habían llegado. Cuando sintieron que ya no podían correr más, ni siquiera para salvar la vida, se dejaron caer sobre el musgo húmedo que había junto a una cascada y detrás de un peñasco, jadeantes. Los sorprendió comprobar lo alto que se encontraban ya.

Escucharon atentamente y no oyeron ningún sonido de persecución.

—Ya pasó —anunció Trumpkin, aspirando con energía—. No están peinando el bosque. Supongo que no eran más que centinelas. Pero eso significa que Miraz tiene un puesto de avanzada allí. Corchos y recorchos, no obstante, nos salvamos por los pelos.

—Tendrías que darme un coscorrón por haberos traído por aquí —dijo Peter.

—Al contrario, Majestad —replicó el enano—; en primer lugar no fuisteis vos, fue vuestro real hermano, el rey Edmund, quien sugirió ir por el Mar de Cristal.

—Me temo que QA tiene razón —corroboró éste, que sinceramente lo había olvidado desde el momento en que las cosas habían empezado a salir mal.

—Y por otra parte —continuó Trumpkin—, si hubierais seguido mi ruta, lo más probable es que hubiéramos ido a parar de cabeza a este nuevo puesto de avanzada, o al menos habríamos sufrido los mismos inconvenientes para esquivarlo. Creo que la ruta por el Mar de Cristal ha resultado ser la mejor.

—No hay mal que por bien no venga —dijo Susan.

—¡Vaya consuelo! —exclamó Edmund.

—Supongo que ahora tendremos que volver a ascender por toda la garganta —dijo Lucy.

—Lu, eres una campeona —dijo Peter—. Eso es lo más cerca que has estado hoy de decirnos «Ya os lo dije». Sigamos adelante.

—Y en cuanto estemos bien metidos en el bosque —declaró Trumpkin—, digáis lo que digáis, voy a encender una hoguera y a preparar la cena. Pero tenemos que irnos bien lejos de aquí.

No creo necesario describir cómo ascendieron de nuevo, a duras penas, por la cañada. Resultó muy laborioso, pero, curiosamente, todos se sentían más animados. Empezaban a recuperar el aliento; y la palabra «cena» había producido un efecto mágico.

Llegaron al bosque de abetos que les había causado tantos problemas mientras era aún de día y acamparon en una hondonada justo encima de él. Hacerse con la leña resultó bastante pesado, pero fue magnífico cuando el fuego llameó con fuerza y empezaron a extraer los húmedos y manchados paquetes de carne de oso que habrían parecido tan poco apetecibles a cualquiera que hubiera pasado el día en casa sin moverse. El enano resultó ser un cocinero muy imaginativo. Envolvieron las manzanas (todavía les quedaban unas cuantas) en carne de oso —como si se tratara de pastelitos de manzana, sólo que envueltos en carne en lugar de en masa de pastel, y mucho más gruesos— y a continuación las ensartaron en un palo afilado y las pusieron a asar. Y el jugo de la manzana empapó la carne, igual que si se tratase de salsa de manzana con cerdo asado. Un oso que se ha alimentado demasiado tiempo de otros animales no resulta muy gustoso, pero un oso que ha comido gran cantidad de miel y fruta tiene un sabor excelente, y aquél resultó ser de esos últimos. Realmente fue una comida espléndida. Y, además, no había que lavar los platos; bastaba con acostarse, observar cómo se elevaba el humo de la pipa de Trumpkin, estirar las fatigadas piernas y charlar. Todos se sintieron muy esperanzados entonces de poder encontrar al rey Caspian al día siguiente y derrotar a Miraz en unos cuantos días. Tal vez no era muy sensato que pensaran así, pero lo hicieron.

Se fueron quedando dormidos uno a uno, pero con mucha rapidez.

Lucy despertó del sueño más profundo que imaginarse pueda, con la sensación de que la voz que más le gustaba en el mundo la había estado llamando por su nombre. En un principio pensó que se trataba de la voz de su padre, pero algo no encajaba. Luego pensó que era la voz de Peter, pero tampoco la convencía. No quería levantarse; no porque se sintiera cansada aún —muy al contrario, se sentía totalmente descansada y ya no le dolía ningún hueso—, sino porque se sentía sumamente feliz y cómoda. Contemplaba directamente la luna narniana, que es más grande que la nuestra, y el cielo estrellado, ya que el lugar donde habían acampado estaba bastante despejado de árboles.

—Lucy —volvieron a llamarla, y no era ni la voz de su padre ni la de Peter.

Se sentó en el suelo, temblando de emoción y nada asustada. La luna era tan brillante que todo el paisaje boscoso que la rodeaba resultaba tan nítido como si fuera pleno día, aunque tenía un aspecto más salvaje. A su espalda estaba el bosque de abetos; a lo lejos, a su derecha, los escarpados picos de los acantilados en el otro extremo de la garganta; justo al frente, una extensión de hierba hasta donde empezaba un umbroso claro de árboles situado a un tiro de arco de distancia. La niña contempló fijamente los árboles de aquel claro.

—Pues yo diría que se mueven —dijo para sí—. Están andando.

Se puso en pie, con el corazón latiendo violentamente, y fue hacia ellos. Desde luego se oía un ruido en el prado, un ruido como el que hacen los árboles cuando sopla un fuerte viento, a pesar de que no había viento aquella noche. No obstante tampoco era exactamente un ruido arbóreo corriente. A Lucy le dio la impresión de que existía una musicalidad en él, aunque no pudo captar la melodía, igual que le había ocurrido con las palabras cuando los árboles estuvieron a punto de hablarle la noche anterior. Pero existía, al menos, una cadencia; sintió que sus propios pies deseaban ponerse a danzar cuando se acercó. Y ya no existía la menor duda de que los árboles se movían realmente; se movían arriba y abajo entre ellos como si efectuaran un complicado baile campestre. «Y supongo —pensó la niña— que cuando los árboles danzan, debe de tratarse de un baile muy, pero que muy campestre.» Para entonces se hallaba ya casi entre ellos.

El primer árbol al que miró no le pareció un árbol a primera vista, sino un humano enorme con una barba enmarañada y grandes matas de pelo. No sintió miedo: había visto tales cosas antes. Pero cuando volvió a mirar no era más que un árbol, aunque seguía moviéndose. Era imposible distinguir si tenía pies o raíces, claro, porque cuando los árboles se mueven no andan por la superficie de la tierra, sino que vadean por ella como hacemos nosotros en el agua. Lo mismo sucedió con todos los árboles a los que miraba. En un momento dado parecían ser las amistosas y encantadoras figuras gigantes que la comunidad de árboles adoptaba cuando una magia buena les infundía vida, y al siguiente todos volvían a parecer árboles. Sin embargo, cuando parecían árboles, eran árboles extrañamente humanos, y cuando parecían personas, eran personas curiosamente ramificadas y frondosas; y no dejaba de oírse aquel curioso sonido cadencioso, susurrante, fresco y alegre.

—Están casi despiertos, pero no del todo —dijo Lucy; la niña sabía que ella misma estaba despierta y muy despejada, mucho más de lo que se acostumbra a estar.

Se introdujo intrépidamente entre ellos, danzando también mientras saltaba a un lado y a otro para evitar ser atropellada por sus inmensos compañeros. De todos modos sólo estaba interesada a medias en ellos, pues lo que deseaba era conseguir llegar hasta algo situado al otro lado; era desde un punto situado detrás de ellos de donde la voz la había llamado.

No tardó en dejarlos atrás, preguntándose en cierto modo si había estado utilizando los brazos para apartar ramas o para asirse de las manos a una gran cadena de danzarines enormes que se inclinaban para llegar hasta ella, pues se trataba realmente de un círculo de árboles alrededor de una zona central despejada. Por fin salió de entre la movediza confusión de exquisitas luces y sombras.

Un círculo de hierba, blanda como si fuera césped, apareció ante sus ojos, con oscuros árboles danzando a su alrededor. Y entonces... ¡Qué gran alegría! Él estaba allí: el enorme león, despidiendo un fulgor blanco bajo la luz de la luna, con su enorme sombra negra proyectándose bajo su cuerpo.

De no haber sido por el movimiento de la cola habría podido pasar por un león de piedra, pero Lucy jamás lo pensó. Ni siquiera se detuvo a pensar si era un león amigo o no, sino que se abalanzó sobre él. Le parecía que el corazón le estallaría si perdía un momento. Y al cabo de un instante se encontró besándolo y pasándole los brazos alrededor del cuello hasta donde éstos alcanzaban, a la vez que metía el rostro en la hermosa y soberbia sedosidad de su melena.

—Aslan, Aslan. Querido Aslan —sollozó—. Por fin.

La enorme bestia se tumbó sobre el costado de modo que Lucy cayó, medio sentada y medio

tumbada, entre sus patas delanteras. El león se inclinó entonces al frente y le rozó la nariz con la lengua. El cálido aliento la envolvió, y alzó los ojos hacia el enorme y sabio rostro.

—Bienvenida, pequeña —saludó.

—Aslan —dijo Lucy—, eres más grande.

—Eso se debe a que tú eres mayor, pequeña —respondió él.

—Entonces, ¿no has crecido?

—No. Pero cada año que crezcas, me verás más grande.

Durante un tiempo, la niña se sintió tan feliz que no quiso hablar. Pero Aslan sí lo hizo.

—Lucy, no debemos permanecer aquí mucho tiempo. Tienes trabajo que hacer y hoy se ha perdido mucho tiempo.

—Sí, ¿no ha sido una vergüenza? —respondió ella—. Yo te vi, pero no quisieron creerme. Son tan...

De algún punto en el interior del león surgió un levísimo asomo de gruñido.

—Lo siento —dijo Lucy, que comprendía algunos de sus estados de ánimo—, no era mi intención empezar a criticar a los demás. Pero de todos modos no fue culpa mía, ¿verdad?

El león la miró directamente a los ojos.

—Por favor, Aslan —protestó la niña—. ¿No

querrás decir que sí? ¿Cómo iba a...? No podía abandonar a los otros y subir hasta ti yo sola, ¿cómo iba a hacerlo? No me mires de ese modo... Oh, bueno, supongo que sí podía. Sí, y no habría estado sola, lo sé, no si estaba contigo. Pero ¿de qué habría servido?

Aslan no dijo nada.

—Quieres decir —siguió Lucy con voz algo desmayada— que habría salido bien al final... ¿de algún modo? Pero ¿cómo? ¡Por favor, Aslan! ¿Es que no puedo saberlo?

—¿Saber lo que habría sucedido, pequeña? —respondió el león—. No. A nadie se le cuenta eso.

—Vaya.

—Pero cualquiera puede averiguar lo que sucederá —siguió Aslan—. Si regresas junto a los otros ahora y los despiertas, y les dices que me has vuelto a ver, y que todos tenéis que levantaros inmediatamente y seguirme... ¿qué sucederá? Sólo existe un modo de averiguarlo.

—¿Quieres decir que deseas que haga eso? —inquirió ella, atónita.

—Sí, pequeña.

—¿Te verán los otros también?

—Desde luego, no al principio. Más tarde, tal vez.

—Pero ¡no me creerán!

—No importa —repuso Aslan.

—Cielos, cielos —dijo Lucy—. Y yo que me alegré tanto de volverte a encontrar. Y que pensaba que me dejarías quedarme. Creía que aparecerías rugiendo y harías huir a todos los enemigos... como la última vez. Y ahora todo será horroroso.

—Resulta duro para ti, niña —repuso Aslan—. Pero las cosas nunca suceden del mismo modo dos veces. Ya hemos pasado por tiempos difíciles en Narnia antes de ahora.

Lucy hundió la cabeza en su melena para ocultarse de su rostro; pero debía de existir magia en su melena, pues sintió que la energía del león penetraba en ella. Se incorporó repentinamente.

—Lo siento, Aslan —dijo—. Estoy lista.

—Ahora eres una leona —declaró el león—. Y toda Narnia se renovará. Pero ven. No tenemos tiempo que perder.

Se puso en pie y avanzó con pasos majestuosos y silenciosos de vuelta al círculo de árboles danzantes a través del cual la niña había llegado hasta allí: y Lucy lo acompañó, posando una mano algo temblorosa sobre su melena. Los árboles se hicieron a un lado para dejarlos pasar y por un segundo adoptaron totalmente sus formas humanas. Lucy tuvo una fugaz visión de altos y hermosos dioses y diosas del bosque que se inclinaban ante el león; al cabo de un instante volvían a ser árboles, pero seguían inclinándose, con movimientos de ramas y troncos tan elegantes que las mismas reverencias eran una especie de danza.

—Ahora, pequeña —indicó Aslan cuando hubieron dejado los árboles a su espalda—. Esperaré aquí. Ve y despierta a los otros y diles que te sigan. Si ellos no quieren, por lo menos deberás seguirme tú sola.

Es algo terrible tener que despertar a cuatro personas, todas mayores que uno y todas muy cansadas, con el objeto de decirles algo que probablemente no creerán y conseguir que hagan algo que desde luego no les gustará. «No debo pensar en ello, simplemente debo hacerlo», pensó Lucy.

Fue hacia Peter primero y lo zarandeó.

—Peter —le susurró al oído—, despierta. ¡Rápido! Aslan está aquí. Dice que debemos seguirlo al instante.

—Claro que sí, Lu. Lo que quieras —respondió su hermano inesperadamente.

Aquello resultó alentador, pero puesto que Peter se dio la vuelta inmediatamente y volvió a dormirse, no sirvió de gran cosa.

Luego probó con Susan. Susan sí que se despertó, pero únicamente para decir con su más fastidiosa voz de adulto:

—Estabas soñando, Lucy. Vuélvete a dormir.

Probó con Edmund a continuación. Resultó difícil despertarlo, pero cuando por fin lo consiguió su hermano estaba totalmente despejado y se sentó en el suelo.

—¿Eh? —dijo con voz malhumorada— ¿De qué estás hablando?

Ella se lo repitió. Era una de las peores partes de la tarea, ya que cada vez que lo decía, sonaba menos convincente.

—¡Aslan! —exclamó Edmund, poniéndose en pie de un salto—. ¡Hurra! ¿Dónde?

Lucy se volvió hacia donde podía ver al león que aguardaba con los pacientes ojos fijos en ellos.

—¡Ahí! —dijo, señalando con el dedo.

—¿Dónde? —volvió a preguntar él.

—Ahí. Ahí. ¿No lo ves? Justo a este lado de los árboles.

Edmund miró fijamente durante un rato y luego dijo:

—No; ahí no hay nada. La luz de la luna te ha deslumbrado; te has confundido. A veces sucede, ¿sabes? A mí también me pareció ver algo por un momento. No es más que una ilusión op... como se llame.

—Yo le veo todo el tiempo —indicó Lucy—. Está mirando directamente hacia nosotros.

—Entonces ¿por qué no lo veo?

—Dijo que tal vez no podríais.

—¿Por qué?

—No lo sé. Eso es lo que dijo.

—Oh, al diablo con todo —dijo su hermano—. Cómo desearía que no te dedicaras a ver cosas. Pero supongo que tendremos que despertar a los demás.

CAPÍTULO 11

El león ruge

Cuando por fin todo el grupo estuvo despierto, Lucy tuvo que relatar su historia por cuarta vez. El silencio que siguió fue de lo más desalentador.

—No veo nada —declaró Peter después de haber mirado hasta dolerle los ojos—. ¿Ves tú algo, Susan?

—No, claro que no —le espetó ella—. Porque no hay nada que ver. Lo ha soñado. Anda, acuéstate y duerme, Lucy.

—Y realmente espero —dijo Lucy con voz temblorosa— que vengáis todos conmigo. Porque... porque tengo que ir con él tanto si alguien me acompaña como si no.

—No digas tonterías, Lucy —replicó Susan—. Desde luego que no te puedes ir sola. No se lo permitas, Peter. Se está portando como una niña malcriada.

—Yo iré con ella, si realmente tiene que ir —declaró Edmund—. Ya ha tenido razón en otras ocasiones.

—Ya lo sé —repuso Peter—. Y probablemente tenía razón esta mañana. Desde luego no tuvimos ninguna suerte descendiendo por la garganta. De todos modos... a estas horas de la noche. Y ¿por qué tendría que resultar Aslan invisible para nosotros? Antes no lo era. No es normal. ¿Qué dice el QA?

—Oh, yo no digo nada —respondió el enano—. Si vais todos, desde luego iré con vosotros; y si vuestro grupo se divide, iré con el Sumo Monarca. Ése es mi deber para con él y el rey Caspian. Pero, si me pedís mi opinión personal, soy un enano corriente que no cree que existan muchas posibilidades de encontrar un sendero por la noche donde no se pudo encontrar uno de día. Y detesto a los leones mágicos que son leones parlantes y no hablan, y los leones amistosos que no nos sirven para nada, y los leones enormes que nadie puede ver. Todo eso son sandeces, en mi opinión.

—Está golpeando el suelo con la pata para que nos demos prisa —dijo Lucy—. Debemos marchar ahora. Al menos yo debo hacerlo.

—No tienes ningún derecho a intentar obligar al resto de nosotros de ese modo. Estamos cuatro a uno y eres la más joven —dijo Susan.

—Vamos, vamos —refunfuñó Edmund—. Tenemos que ir. No estaremos tranquilos hasta que lo hagamos.

Pensaba seriamente respaldar a Lucy, pero se sentía molesto por perder una noche de sueño y lo compensaba refunfuñando tanto como le era posible.

—En marcha, pues —indicó Peter, introduciendo fatigosamente el brazo en la correa del escudo para luego colocarse el yelmo.

En cualquier otro momento habría dicho algo agradable a Lucy, que era su hermana favorita, pues sabía lo desgraciada que debía de sentirse, y también sabía que, fuera lo que fuera lo que hubiera sucedido no era culpa suya. Sin embargo, no podía evitar sentirse algo molesto con ella de todos modos.

Susan fue la peor.

—Supongamos que empezara a comportarme como Lucy —dijo—. Podría amenazar con quedarme aquí tanto si el resto seguía adelante como si no. Además, creo que lo haré.

—Obedeced al Sumo Monarca, Majestad —indicó Trumpkin—, y pongámonos en marcha. Si no se me permite dormir, prefiero ponerme en marcha a quedarme aquí quieto charlando.

Y así, finalmente, iniciaron el camino. Lucy fue

delante, mordiéndose el labio mientras pensaba en todas las cosas que tenía ganas de decirle a Susan. Pero las olvidó en cuanto fijó los ojos en Aslan. Éste giró y empezó a andar con paso lento a unos treinta metros por delante de ellos. Los otros sólo tenían las indicaciones de Lucy para guiarlos, pues Aslan no sólo era invisible para ellos sino también silencioso; las enormes garras felinas no producían el menor ruido al pisar la hierba.

Los condujo a la derecha de los árboles danzantes —si todavía bailaban nadie lo supo, pues Lucy tenía los ojos puestos en el león y los demás tenían los suyos fijos en ella— y más cerca del borde de la garganta.

«¡Adoquines y timbales! —pensó Trumpkin—. Espero que esta locura no vaya a acabar en una escalada a la luz de la luna y unos cuantos cuellos rotos.»

Aslan avanzó por la parte superior de los riscos durante un buen rato. Luego llegaron a un punto donde algunos arbustos crecían justo en el borde; allí giró y desapareció entre ellos. Lucy contuvo la respiración, pues parecía que se hubiera lanzado por el acantilado; pero estaba demasiado ocupada intentando no perderlo de vista para detenerse y pensar en ello. Apresuró el paso y no tardó en estar también entre los árboles. Al mirar abajo, distinguió un sendero empinado y estrecho que descendía oblicuamente al interior de la garganta por entre las rocas, y a Aslan, que bajaba por él. El león se volvió y la miró con sus alegres ojos. Lucy batió palmas y empezó a descender cautelosamente tras él. A su espalda oyó las voces de sus compañeros que gritaban:

—¡Eh! ¡Lucy! Ten cuidado, por Dios. Estás justo en el borde del precipicio. Regresa...

Y luego, al cabo de un momento, la voz de Edmund que decía:

—No, chicos, tiene razón. Hay un sendero para bajar.

A mitad del descenso Edmund la alcanzó.

—¡Mira! —dijo muy nervioso—. ¡Mira! ¿Qué es aquella sombra que se desliza por delante de nosotros?

—Es su sombra —respondió Lucy.

—Estoy convencido de que tienes razón, Lu —dijo Edmund—. No sé cómo no lo comprendí antes. Pero ¿dónde está él?

—Con su sombra, claro. ¿No lo ves?

—Bueno, casi me pareció verlo... por un momento. Esta luz es tan rara.

—Seguid adelante, rey Edmund, seguid adelante —se oyó decir a Trumpkin desde un punto situado detrás y por encima de ellos.

A continuación, más atrás aún y todavía muy cerca de la cima, sonó la voz de Peter que decía:

—Vamos, date prisa, Susan. Dame la mano. Vaya, pero si hasta un bebé podría bajar por aquí. Y haz el favor de no quejarte más.

Al cabo de unos pocos minutos estuvieron todos en el fondo, y el rugir del agua inundó sus oídos. Avanzando con la delicadeza de un gato, Aslan saltó de piedra en piedra para cruzar el río. Cuando llegó al centro se detuvo, se inclinó para beber, y al alzar la melenuda cabeza del agua, chorreando, se volvió para mirarlos de nuevo. Esa vez Edmund sí lo vio.

—¡Oh, Aslan! —gritó, lanzándose al frente.

Pero el león giró en redondo y empezó a ascender por la ladera del otro extremo del Torrente.

—¡Peter, Peter! —llamó Edmund—. ¿Lo has visto?

—He visto algo —respondió él—; pero esta luz engaña. Sigamos adelante, de todos modos, y tres vítores por Lucy. Ahora tampoco me siento ni la mitad de cansado.

Sin una vacilación, Aslan los condujo hacia la izquierda, cada vez más arriba de la garganta. Todo el viaje resultó extraño y como si se tratara de un sueño; el arroyo que rugía, la hierba húmeda y gris, los relucientes acantilados a los que se aproximaban, y siempre la gloriosa y silenciosa bestia que avanzaba lentamente delante de ellos. Todos excepto Susan y el enano veían ya al león.

Al poco tiempo llegaron ante otro sendero empinado, que ascendía por la ladera de los precipicios más lejanos. Eran mucho más altos que aquellos por los que habían descendido, y la subida fue un largo y tedioso zigzag. Por suerte la luna brillaba justo encima de la garganta, de modo que ningún lado quedaba sumido en sombras.

Lucy estaba casi exhausta cuando la cola y las patas traseras de Aslan desaparecieron en la cima: pero con un último esfuerzo trepó tras él y salió, con las piernas temblorosas y sin aliento, a la colina que habían estado intentando alcanzar desde que abandonaron el Mar de Cristal. La larga y suave cuesta, cubierta de brezos, hierba y unas pocas rocas enormes que brillaban blancas bajo la luz de la luna, ascendía hasta desvanecerse en un vago vislumbre de árboles a casi un kilómetro de distancia. La reconoció. Era la colina de la Mesa de Piedra.

Con un tintineo de cotas de malla el resto trepó a lo alto del precipicio tras ella. Aslan se deslizó al frente ante ellos y los niños lo siguieron.

—Lucy —dijo Susan con una voz apenas audible.

—¿Sí?

—Ahora le veo. Lo siento.

—No pasa nada.

—Pero es que me he portado mucho peor de lo que crees. Creía firmemente que era él, quiero decir, ayer, cuando nos advirtió que no fuéramos por el bosque de abetos. Y creía firmemente que era él esta noche, cuando nos despertaste. Me refiero a que lo creía en mi interior. O podría haberlo hecho, si hubiera querido. Pero sencillamente quería salir del bosque y... y... vaya, no lo sé. Y ¿qué le voy a decir?

—A lo mejor no tendrás que decir gran cosa —sugirió Lucy.

No tardaron en alcanzar los árboles y a través de ellos los niños distinguieron el Gran Montículo, el Altozano de Aslan, que alguien había alzado sobre la Mesa de Piedra después de marchar ellos de Narnia.

—Nuestro bando no está muy atento —masculló Trumpkin—. Tendrían que habernos dado el alto hace rato...

—¡Silencio! —dijeron los otros cuatro, pues Aslan se había detenido y girado en aquel momento y se encontraba frente a ellos, con un aspecto tan majestuoso que se sintieron tan contentos como puede estarlo alguien atemorizado, tan

atemorizados como puede estarlo alguien conten-
to. Los niños avanzaron; Lucy se hizo a un lado
para dejarlos pasar y Susan y el enano retrocedieron.

—Aslan —dijo el rey Peter, hincando una rodilla en el suelo y alzando la pesada zarpa del león
hasta su rostro—, me alegro tanto... Y estoy muy
apenado. Los he conducido por el camino equivocado desde que nos pusimos en marcha y en
especial ayer por la mañana.

—Querido hijo —respondió Aslan.

Luego se volvió y saludó a Edmund. «Bien hecho», fueron sus palabras.

A continuación, tras una pausa atroz, la profunda voz dijo:

—Susan.

Susan no respondió, pero a los demás les pareció que lloraba.

—Has escuchado al miedo, pequeña —siguió
Aslan—. Ven, deja que sople sobre ti. Olvídalo.
¿Vuelves a ser valiente?

—Un poco, Aslan —respondió ella.

—¡Y ahora! —dijo el león en voz mucho más
alta con sólo un atisbo de rugido en ella, al mismo
tiempo que su cola le azotaba los flancos—. Y
ahora, ¿dónde está ese pequeño enano, ese famoso espadachín y arquero que no cree en leones?

¡Ven aquí, Hijo de la Tierra, ven AQUÍ! —Y la última palabra ya no era el atisbo de un rugido sino casi un rugido auténtico.

—¡Espectros y escombros! —resolló Trumpkin con un hilillo de voz.

Los niños, que conocían a Aslan lo suficiente como para saber que le caía muy bien el enano, no se sintieron preocupados, pero fue muy distinto para Trumpkin, que jamás había visto un león, y mucho menos aquel león. Sin embargo, hizo la única cosa sensata que podía haber hecho; es decir, en lugar de salir huyendo, avanzó vacilante hacia Aslan.

Aslan saltó. ¿Has visto alguna vez a un gatito muy pequeño siendo transportado en la boca de su madre? Fue algo parecido. El enano, hecho un

desmadejado ovillo, colgaba de la boca del león. Éste lo zarandeó con violencia y toda la armadura tintineó como la alforja de un hojalatero, y luego —abracadabra— el enano voló por los aires. Trumpkin estaba tan a salvo como si estuviera en la cama, aunque a él no le parecía que fuera así. Mientras descendía, las enormes y aterciopeladas zarpas lo capturaron con la misma suavidad que los brazos de una madre y lo depositaron, de pie, además, sobre el suelo.

—Hijo de la Tierra, ¿seremos amigos? —preguntó Aslan.

—S... s... sí —jadeó el enano, que no había recuperado aún el aliento.

—Bien —dijo Aslan—. La luna se está poniendo. Mirad a vuestra espalda: amanece. No tenemos tiempo que perder. Vosotros tres, Hijos de Adán e Hijo de la Tierra, apresuraos a ir al interior del montículo y ocupaos de lo que encontréis allí.

El enano seguía sin habla y ninguno de los niños osó preguntar si Aslan los seguiría. Los tres desenvainaron las espadas y saludaron, luego giraron y se perdieron en la penumbra entre tintineos metálicos. Lucy advirtió que no había ninguna señal de cansancio en sus rostros: tanto el Sumo Monarca como el rey Edmund tenían más aspecto de hombres hechos y derechos que de niños.

Las niñas contemplaron cómo se perdían de vista, de pie junto a Aslan. La luz empezaba a cambiar. Muy hundida en el este, Aravir, el lucero del alba de Narnia, brillaba como una luna pequeña. Aslan, que parecía más grande que antes, alzó la cabeza, sacudió la melena y rugió.

El sonido, profundo y vibrante al principio como un órgano que empieza con una nota grave, se elevó y adquirió potencia, y luego se tornó aún más potente, hasta que la tierra y el aire se estremecieron con él. El sonido se alzó de aquella colina y flotó sobre toda Narnia. Abajo, en el campamento de Miraz, los hombres despertaron, se miraron los unos a los otros con rostros pálidos y asieron sus armas. Más abajo, en el Gran Río, que se hallaba en su hora más fría en aquellos momentos, las cabezas y los hombros de las ninfas, y la gran cabeza con barba de algas del dios del río, se alzaron de las aguas. Al otro lado, en todos los campos y bosques, los oídos vigilantes de los conejos surgieron de sus agujeros, las cabezas adormecidas de los pájaros salieron de debajo de las alas, los búhos ulularon, las zorras gritaron, los puerco espines gruñeron, los árboles se agitaron. En ciudades y pueblos las madres apretaron a sus bebés contra el pecho, con ojos despavoridos, los perros lanzaron gruñidos y los hombres saltaron del lecho buscando a tientas una luz. Muy lejos, en la frontera septentrional, los gigantes de las montañas atisbaron desde las oscuras entradas de sus castillos.

Lo que Lucy y Susan vieron fue algo oscuro que venía hacia ellos, casi desde todas direcciones, cruzando las colinas. En un principio pareció una neblina negra que se arrastrara por el suelo, luego fue como las tempestuosas olas de un mar negro alzándose más y más a medida que se acercaban, y después, por fin, lo que era en realidad: bosques en movimiento. Todos los árboles del mundo parecían correr hacia Aslan. Pero a medida que se acercaban se parecían menos a árboles, y cuando toda aquella multitud, entre inclinaciones y reverencias y saludando con los finos y largos brazos a Aslan, rodearon a Lucy, ésta vio que se trataba de una multitud de figuras humanas. Pálidas muchachas abedules agitaban la cabeza a modo de saludo, mujeres sauces se apartaban los cabellos del rostro pensativo para contemplar a Aslan, las majestuosas hayas se detenían y lo veneraban, peludos hombres roble, delgados y melancólicos olmos, desgreñados acebos —oscuros ellos, mientras que sus esposas aparecían resplandecientes cubiertas de bayas— y risueños serbales, todos se inclinaron y volvieron a alzarse, gritando: «¡Aslan, Aslan!» en sus distintas voces roncas, rechinantes u ondulantes.

La multitud y el baile alrededor de Aslan (pues se había convertido en una danza una vez más) adquirieron tales proporciones y velocidad que Lucy se sintió aturdida. No consiguió ver de dónde surgían ciertos personajes que rápidamente se pusieron a dar cabriolas entre los árboles. Uno era un joven, cubierto únicamente con una piel de cervatillo y con hojas de parra ciñendo los rizados cabellos; el rostro habría resultado casi demasiado hermoso para pertenecer a un muchacho, de no haber sido por su aspecto tan salvaje. Uno sentía que, tal como dijo Edmund cuando lo vio unos días después: «Ése es un muchacho capaz de hacer cualquier cosa... absolutamente cualquier cosa». Parecía tener toda una profusión de nombres: Bromios, Bassareus y el Carnero eran tres de ellos. Lo acompañaban gran cantidad de mucha-

chas, todas tan bulliciosas como él. Apareció incluso, inesperadamente, alguien montado en un
asno. Y todo el mundo reía y gritaba: «Euan,
euan, eu-oi-oi-oi».

—¿Están jugando, Aslan? —gritó el joven.

Y al parecer así era; pero casi todos parecían tener ideas distintas sobre a qué se jugaba. Tal vez
fuera a «pilla pilla», pero Lucy no llegó a descubrir quién «pillaba» a quién. Se parecía a la «galli-
nita ciega», sólo que todo el mundo se comporta-
ba como si llevara puesta la venda; tampoco era
muy distinto de «frío y caliente», pero nunca apareció lo que se tenía que buscar. Lo que lo compli-
có aún más fue que el hombre montado en el
asno, que era viejo y terriblemente gordo, empezó
a gritar entonces: «¡Refrigerios! ¡Es la hora del re-
frigerio!», y se cayó del asno para ser izado de
vuelta a él por los demás, en tanto que el asno parecía tener la impresión de que todo aquello era

un circo e intentaba alardear de su capacidad para andar sobre los cuartos traseros. Y cada vez había más hojas de parra por todas partes. Y pronto no eran sólo hojas sino también parras, que se encaramaban por doquier. Ascendían por las piernas de las personas-árboles y se enroscaban a sus cuellos. Lucy alzó las manos para echarse hacia atrás los cabellos y descubrió que empujaba ramas de vid. El asno era una masa de ellas; tenía la cola totalmente envuelta en ellas y algo oscuro se balanceaba entre sus orejas. La niña volvió a mirar y vio que se trataba de un racimo de uvas. Después de aquello todo fueron uvas: arriba, en el suelo y por todas partes.

—¡Refrigerios! ¡Refrigerios! —rugía el anciano.

Todo el mundo empezó a comer, y sean como sean los invernaderos de tu país, jamás habrás saboreado uvas semejantes. Uvas realmente buenas, firmes y tersas por fuera, pero que estallaban en una fresca dulzura cuando te las llevabas a la boca, eran una de las cosas que las niñas jamás se habrían cansado de comer. Allí había más de las que uno podría desear, y no había que guardar las formas. Por todas partes se veían dedos manchados y pegajosos y, aunque las bocas estaban llenas, las risas no cesaban ni tampoco los agudos gritos de «Euan, euan, eu-oi-oi-oi», hasta que, repentinamente, todos sintieron al mismo tiempo que el juego —fuera el que fuera— y la fiesta tenían que finalizar, y todos se dejaron caer pesadamente al suelo sin aliento y volvieron el rostro hacia Aslan para escuchar lo que tuviera que decir a continuación.

En aquel momento el sol empezaba a salir y Lucy recordó algo y susurró a Susan.

—¿Sabes, Su? Sé quiénes son.

—¿Quiénes?

—El muchacho del rostro salvaje es Baco y el anciano que monta el asno es Sileno. ¿No recuerdas que el señor Tumnus nos habló de ellos hace tiempo?

—Sí, claro. Pero oye, Lu...

—¿Qué?

—No me habría sentido segura con Baco y todas sus alocadas chicas si nos los hubiéramos encontrado sin estar Aslan con nosotras.

—Creo que yo tampoco —repuso su hermana.

CAPÍTULO 12

Hechicería y venganza inesperada

Entretanto Trumpkin y los dos muchachos llegaron al pequeño y oscuro arco de piedra que conducía al interior del montículo, y dos tejones centinelas (las manchas blancas de sus mejillas fue todo lo que Edmund pudo ver de ellos) se levantaron de un salto mostrando los dientes y les preguntaron con voces roncas:

—¿Quién anda ahí?

—Trumpkin —respondió el enano—, que trae con él al Sumo Monarca de Narnia desde el pasado.

—Por fin —dijeron los tejones, olfateando las manos de los niños—. Por fin.

—Dadnos algo con que alumbrarnos, amigos —pidió Trumpkin.

Los tejones localizaron una antorcha justo en el interior de la arcada, y Peter la encendió y se la entregó al enano.

—Será mejor que el QA nos guíe —dijo—. Nosotros no conocemos este lugar.

Trumpkin tomó la antorcha y se adelantó por el túnel. Era un lugar frío, oscuro y que olía a humedad, con algunos que otros murciélagos revoloteando a la luz de la antorcha, y gran cantidad de telarañas. Los niños, que habían estado principalmente al aire libre desde aquella mañana en la estación de ferrocarril, se sintieron como si entraran en una trampa o una prisión.

—Oye, Peter —susurró Edmund—, fíjate en esas cosas esculpidas en las paredes. ¿No parecen muy viejas? Y, no obstante, nosotros somos más viejos aún. La última vez que estuvimos aquí no estaban.

—Sí —respondió Peter—; eso le da a uno qué pensar.

El enano siguió adelante y luego giró a la derecha, a continuación a la izquierda, más adelante descendió unos peldaños y luego torció de nuevo a la izquierda. Finalmente vieron una luz al frente; una luz que salía por debajo de una puerta. Y entonces, por primera vez oyeron voces, pues habían llegado a la puerta de la sala central. Las voces del interior eran voces enojadas. Alguien hablaba en un tono de voz tan alto que había impedido que oyeran cómo se acercaban los niños y el enano.

—No me gusta cómo suena eso —susurró Trumpkin a Peter—. Escuchemos unos instantes.

Permanecieron totalmente inmóviles al otro lado de la puerta.

—Sabéis muy bien —decía una voz («Ése es el rey», musitó Trumpkin)— por qué no se hizo sonar el cuerno al salir el sol esta mañana. ¿Habéis olvidado que Miraz cayó sobre nosotros casi antes de que Trumpkin partiera, y luchamos encarnizadamente durante tres horas y más? Lo hice sonar en cuanto tuve un momento de respiro.

—No creo que lo olvide, precisamente —respondió la voz enojada—, cuando fueron mis enanos los que soportaron el peso del ataque y uno de cada cinco cayó.

—Ése es Nikabrik —susurró Trumpkin.

—¡Qué vergüenza, enano! —se oyó decir a una voz apagada («La de Buscatrufas», indicó Trumpkin)—. Todos hicimos tanto como los enanos y nadie más que el rey.

—Por mí puedes contar la historia como te parezca —respondió Nikabrik—. Pero tanto si fue porque el cuerno sonó demasiado tarde, o porque carece de magia, lo cierto es que no ha llegado ayuda. Tú, tú, gran escribano, tú, gran mago, tú, sabelotodo; ¿todavía nos pides que pongamos todas nuestras esperanzas en Aslan y en el rey Peter y en todo eso?

—Debo confesar, desde luego no puedo negarlo, que me siento profundamente decepcionado por el resultado de la operación —respondió otra voz.

—Ése debe de ser el doctor Cornelius —dijo Trumpkin.

—Para decirlo claramente —intervino Nikabrik—, tienes la cartera vacía, los huevos podridos, el pescado por pescar y las promesas incumplidas. Apártate pues y deja que otros trabajen. Y por eso...

—La ayuda llegará —dijo Buscatrufas—, yo estoy del lado de Aslan. Tened paciencia, como la tenemos nosotros las bestias. La ayuda llegará. Tal vez esté incluso detrás de la puerta.

—¡Bah! —refunfuñó Nikabrik—. Vosotros los tejones nos haríais esperar hasta que el cielo cayese y todos pudiésemos atrapar alondras. Os digo que no podemos esperar. Nos estamos quedando sin comida; perdemos más de lo que nos podemos permitir con cada enfrentamiento; nuestros seguidores empiezan a escabullirse.

—Y ¿por qué? —inquirió Buscatrufas—. Os diré por qué. Porque se ha propagado entre ellos que hemos llamado a los reyes del pasado y éstos no han respondido. Las últimas palabras que dijo Trumpkin antes de marcharse, y lo más probable es que fuera directo a su propia muerte, fueron: «Si tenéis que hacer sonar el cuerno, no dejéis que el ejército sepa por qué lo hacéis o qué esperáis de él». Pero aquella misma tarde todo el mundo parecía saberlo.

—Habría sido mejor que introdujeras tu hocico gris en un avispero, tejón, antes que sugerir que soy un bocazas —dijo Nikabrik—. Retíralo o...

—Vamos, dejadlo ya los dos —intervino el rey Caspian—. Quiero saber qué es eso que Nikabrik no hace más que insinuar que debemos hacer. Pero antes quiero saber quiénes son esos dos desconocidos que ha traído a nuestro consejo y que permanecen ahí con las orejas bien abiertas y las bocas cerradas.

—Son amigos míos —dijo Nikabrik—. Y ¿qué otro derecho tenéis vos a estar aquí que el de ser amigo de Trumpkin y del tejón? Y ¿qué derecho tiene ese demente de la túnica negra a estar aquí excepto que es vuestro amigo? ¿Por qué he de ser yo el único que no puede traer a sus amigos?

—Su Majestad es el rey a quien hemos jurado lealtad —dijo Buscatrufas con severidad.

—Modales cortesanos, modales cortesanos —se mofó Nikabrik—. Pero en este agujero podemos hablar con claridad. Tú sabes, y él sabe, que este muchacho telmarino no será rey de ninguna parte y de nadie a menos que le ayudemos a salir de la trampa en que se encuentra.

—Tal vez —dijo Cornelius—, tus nuevos amigos quieran hablar por sí mismos... Eh, tú, ¿quién y qué eres?

—Excelentísimo maese doctor —dijo una voz fina y gimoteante—. Si me lo permitís, no soy más que una pobre anciana, y estoy muy agradecida al excelentísimo enano por su amistad, ya lo creo. Su Majestad, bendito sea su hermoso rostro, no debe temer a una anciana encorvada por el reumatismo y que no tiene dónde caerse muerta. Poseo una cierta habilidad, no como vos, maese doctor, desde luego, para efectuar pequeños conjuros y encantamientos que me sentiría muy contenta de poder usar contra nuestros enemigos, si estuvieran de acuerdo todos los interesados. Pues los odio. Oh, sí. Nadie los odia más que yo.

—Eso resulta muy interesante y... ejem... satis-
factorio —respondió el doctor Cornelius—. Creo
que ya sé lo que sois, señora. Tal vez tu otro amigo, Nikabrik, quiera contarnos algo sobre sí mismo...

Una voz apagada y lúgubre que a Peter le puso
la carne de gallina contestó:

—Soy hambre. Soy sed. Lo que muerdo, no lo
suelto hasta la muerte, e incluso después de muerto tienen que cortar mi bocado del cuerpo del enemigo y enterrarlo conmigo. Puedo ayunar durante cien años sin morir. Puedo dormir cien noches
sobre hielo y no congelarme. Puedo beber un río
de sangre y no reventar. Mostradme a vuestros
enemigos.

—¿Y es en presencia de estos dos como deseas
revelar tu plan? —preguntó Caspian.

—Sí —contestó Nikabrik—, y es con su ayuda
como pienso ponerlo en práctica.

Transcurrieron un minuto o dos durante los
cuales Trumpkin y los muchachos oyeron conversar en voz baja a Caspian y sus dos amigos, pero
no consiguieron entender lo que decían. Luego
Caspian habló en voz alta.

—Bien, Nikabrik, escucharemos tu plan.

Se produjo una pausa tan larga que los muchachos llegaron a preguntarse si Nikabrik empeza-

ría a hablar alguna vez; cuando lo hizo, fue en una voz más baja, como si a él mismo no le gustara demasiado lo que decía.

—Al fin y al cabo —dijo entre dientes—, ninguno de nosotros conoce la verdad sobre el pasado de Narnia. Trumpkin no creía ninguna de las historias. Yo estaba dispuesto a ponerlas a prueba. Probamos primero el cuerno y no ha funcionado. Si alguna vez existió un rey Peter, una reina Susan, un rey Edmund y una reina Lucy, o bien no nos han oído o no pueden venir, o son nuestros enemigos...

—O están de camino —apostilló Buscatrufas.

—Por mí, puedes seguir diciendo eso hasta que Miraz nos haya arrojado a los perros. Pues como decía, hemos probado un eslabón en la cadena de antiguas leyendas, y no nos ha servido de nada. Bien; pero cuando a uno se le rompe la espada, saca la daga. Los relatos hablan de otros poderes además de los antiguos reyes y reinas. ¿Y si los invocamos?

—Si te refieres a Aslan —dijo Buscatrufas—, es lo mismo invocarlo a él que a los reyes. Eran sus sirvientes. ¿Si no los envía a ellos, aunque no dudo de que lo hará, creéis que es más probable que venga él?

—No; en eso tienes razón —respondió Nikabrik—. Aslan y los reyes van juntos. O bien Aslan está muerto o no está de nuestro lado. O tal vez algo más poderoso que él lo retiene. Y si viniera, ¿cómo sabemos que sería nuestro amigo? No siempre fue un buen amigo de los enanos según lo que se cuenta. Ni siquiera de todas las bestias. Preguntad a los lobos. Y de todos modos, estuvo en Narnia sólo una vez, que yo haya oído, y no se quedó mucho tiempo. Podéis dejar a Aslan fuera de vuestros cálculos. Pensaba en alguien distinto.

No hubo respuesta, y durante unos minutos se produjo tal quietud que Edmund pudo oír la ruidosa respiración resollante del tejón.

—¿A quién te refieres? —preguntó Caspian por fin.

—Me refiero a un poder hasta tal punto más poderoso que el de Aslan, que mantuvo a Narnia hechizada durante años y años, si lo que se cuenta es cierto.

—¡La Bruja Blanca! —gritaron tres voces al unísono, y por el ruido Peter adivinó que tres personas se habían puesto en pie de golpe.

—Sí —dijo Nikabrik muy despacio y con toda claridad—, me refiero a la bruja. Volved a sentaros. No os asustéis como si fuerais niños. Queremos poder: y queremos poder que se ponga de nuestro lado. En cuanto a poder, ¿no cuentan todas las historias que la bruja derrotó a Aslan, lo ató y lo mató aquí mismo, sobre esa piedra que hay ahí, justo más allá de la luz?

—Pero también dicen que volvió a la vida —apostilló el tejón con severidad.

—Sí, eso es lo que dicen —respondió Nikabrik—, pero observaréis que apenas sabemos nada de lo que hizo después de aquello. Sencillamente desaparece del relato. ¿Cómo se explica eso, si realmente volvió a la vida? ¿No sería mucho más probable que no lo hubiera hecho, y que los relatos no cuenten nada sobre él porque no hay nada más que contar?

—Instauró a los reyes y reinas —indicó Caspian.

—Un rey que acaba de ganar una gran batalla por lo general puede instaurarse a sí mismo en el puesto sin la ayuda de un león amaestrado —respondió Nikabrik.

Se oyó un feroz gruñido, probablemente de Buscatrufas.

—Y de todos modos —siguió el enano—, ¿qué fue de los reyes y su reino? También desaparecieron. Pero es muy distinto con la bruja. Dicen que gobernó durante cien años: cien años de invierno. Ahí hay poder, no me lo negaréis. Ahí tenéis algo práctico.

—Pero ¡por el amor de Dios! —exclamó el rey—. ¿No se nos ha dicho siempre que fue el peor enemigo de todos? ¿Acaso no era una tirana diez veces peor que Miraz?

—Es posible —respondió Nikabrik en tono frío—. Es posible que lo fuera para vosotros los humanos, si es que existía alguno en aquellos tiempos. Es posible que lo fuera para algunos de los animales. Acabó con los castores, creo; al menos ahora no queda ninguno en Narnia. Pero se llevaba bien con nosotros los enanos. Yo soy un enano y estoy del lado de mi gente. Nosotros no tememos a la bruja.

—Pero os habéis unido a nosotros —observó Buscatrufas.

—Sí, y mira de qué les ha servido a los míos hasta ahora —espetó él—. ¿A quién se envía en todas las incursiones peligrosas? A los enanos. ¿Quién se queda sin comida suficiente cuando las raciones menguan? Los enanos. ¿Quién...?

—¡Mentiras! ¡Todo mentiras! —gritó el tejón.

—Y por lo tanto —siguió Nikabrik, cuya voz se elevó entonces hasta convertirse en un alarido—, si no podéis ayudar a mi gente, acudiré a alguien que puede.

—¿Vas a traicionarnos, enano? —inquirió el rey.

—Devuelve esa espada a su vaina, Caspian

—dijo Nikabrik—. Un asesinato en el consejo, ¿eh? ¿Es así como actúas? No seas tan estúpido como para intentarlo. ¿Crees que te tengo miedo? Hay tres de mi parte, y tres de la tuya.

—Vamos, pues —rezongó Buscatrufas, pero fue inmediatamente interrumpido.

—Basta, basta, basta —intervino el doctor Cornelius—. Vais demasiado rápido. La bruja está muerta. Todos los relatos están de acuerdo en eso. ¿Qué quiere decir Nikabrik con lo de invocar a la bruja?

—¿Lo está? —dijo aquella voz lúgubre y terrible que únicamente había hablado una vez hasta entonces.

Y a continuación la voz aguda y gimoteante empezó a decir:

—Válgame el cielo, Su Majestad no tiene que preocuparse porque la Señora Blanca, que es como la llamamos, esté muerta. El excelentísimo maese doctor no hace más que burlarse de una pobre anciana como yo cuando dice eso. Querido maese doctor, docto maese doctor, ¿quién ha oído hablar jamás de una bruja que muriese realmente? Siempre es posible hacerlas regresar.

—Invócala —dijo la voz lúgubre—. Estamos todos preparados. Dibuja el círculo. Prepara el fuego azul.

Por encima de los gruñidos cada vez más fuertes del tejón y el agudo «¿Qué?» de Cornelius, se alzó la voz del rey Caspian como un trueno.

—¡Así que ése es tu plan, Nikabrik! Magia negra y la invocación de un fantasma maldito. ¡Y ya veo quiénes son tus compañeros: una vieja hechicera y un hombre lobo!

El siguiente minuto resultó bastante confuso. Se oyó un rugido animal, un entrechocar de metales; y los muchachos y Trumpkin irrumpieron en la habitación; Peter vislumbró una horrible criatura gris y enjuta, medio hombre y medio lobo, en el preciso instante en que saltaba sobre un muchacho de aproximadamente su misma edad, y Edmund vio a un tejón y un enano que rodaban por el suelo en una especie de pelea de gatos. Trumpkin se encontró cara a cara con la vieja bruja. La nariz y barbilla de la mujer sobresalían como un cascanueces, los sucios cabellos grises revoloteaban alrededor de su rostro y acababa de agarrar al doctor Cornelius por la garganta. Trumpkin le asestó un tajo con la espada y la cabeza rodó al suelo. Entonces alguien derribó la luz y todo fue entrechocar de espadas, dientes, zarpas, puños y botas durante casi un minuto. Luego se hizo el silencio.

—¿Estás bien, Ed?

—Eso... eso creo —jadeó éste—. Tengo a ese bruto de Nikabrik, pero sigue vivo.

—¡Pesas y botellas de agua! —exclamó una voz enojada—. Es encima de mí donde estáis sentado. Levantaos. Sois como un elefante recién nacido.

—Lo siento, QA —dijo Edmund—. ¿Estás mejor?

—¡Uf! ¡No! —tronó Trumpkin—. Me estáis metiendo la bota en la boca. Apartaos.

—¿Veis al rey Caspian por alguna parte? —preguntó Peter.

—Estoy aquí —respondió una voz bastante débil—. Algo me ha mordido.

Se escuchó el sonido de alguien que encendía una cerilla. Era Edmund. La pequeña llama mostró su rostro, pálido y sucio. El muchacho avanzó a trompicones unos instantes, encontró la vela (pues ya no utilizaban la lámpara porque se habían quedado sin aceite), la colocó sobre la mesa y la encendió. Cuando la llama se elevó con fuerza, varias personas se pusieron en pie apresuradamente; seis rostros intercambiaron parpadeantes miradas a la luz de la vela.

—Parece que nos hemos quedado sin enemigos —dijo Peter—. Ahí está la hechicera, muerta —apartó rápidamente los ojos de ella—. Y Nikabrik, muerto también. Y supongo que esta cosa es un hombre lobo. Hace tanto tiempo que no veía uno... Cabeza de lobo y cuerpo de hombre. Eso significa que empezaba a pasar de hombre a lobo en el momento en que lo mataron. Y tú, supongo, eres el rey Caspian.

—Sí —respondió el otro muchacho—. Pero no tengo ni idea de quién eres.

—Es el Sumo Monarca, el rey Peter —dijo Trumpkin.

—Doy la bienvenida a Su Majestad —dijo Caspian.

—Y también se la doy yo a Su Majestad —repuso Peter—. No he venido a ocupar vuestro lugar, sabéis, sino a colocaros en él.

—Majestad —llamó otra voz junto al codo de Peter.

Éste se volvió y se encontró cara a cara con el tejón; inclinándose al frente Peter rodeó con los brazos al animal y le besó la peluda cabeza: no fue un gesto infantil en su caso, porque era el Sumo Monarca.

—Eres el mejor de los tejones —declaró—. No dudaste de nosotros ni por un instante.

—No es mérito mío, Majestad —respondió Buscatrufas—. Soy una bestia y nosotros no cambiamos. Soy un tejón, por si fuera poco, y siempre nos mantenemos firmes.

—Lo siento por Nikabrik —dijo Caspian—, a pesar de que me odió desde el primer momento en que me vio. Su carácter se había avinagrado de tanto padecer y odiar. De haber obtenido la victoria con rapidez podría haberse convertido en un buen enano en los tiempos de paz. No sé quién de nosotros lo mató, y me alegro de ello.

—Estáis sangrando —indicó Peter.

—Sí, me han mordido. Fue ese... esa criatura lobo.

Limpiar y vendar la herida les llevó bastante tiempo, y cuando terminaron Trumpkin anunció:

—Ahora, antes de cualquier otra cosa queremos algo de desayunar.

—Pero no aquí —dijo Peter.

—No —declaró Caspian con un estremecimiento—. Y hemos de enviar a alguien para que se lleve los cuerpos.

—Que arrojen a esas alimañas a un pozo —dijo Peter—. Pero al enano se lo entregaremos a su gente para que lo entierren según sus costumbres.

Finalmente desayunaron en otro de los oscuros sótanos del Altozano de Aslan. No fue la clase de desayuno que habrían elegido, pues Caspian y Cornelius pensaban en empanadas de carne de venado, y Peter y Edmund en huevos con mantequilla y café caliente, pero lo que todos comieron fue un poco de carne de oso fría —sacada de los bolsillos de los niños—, un pedazo de queso duro, una cebolla y un tazón de agua. Sin embargo, por el modo en que se abalanzaron sobre todo ello, cualquiera habría pensado que era una comida deliciosa.

CAPÍTULO 13

El Sumo Monarca toma el mando

—Bien —dijo Peter, cuando terminaron de comer—, Aslan y las chicas, es decir la reina Susan y la reina Lucy, Caspian, están cerca de aquí. No sabemos cuándo actuará él. Cuando él lo considere oportuno, sin duda, no nosotros. Mientras tanto le gustaría que hiciéramos lo que nos fuera posible por nuestra propia cuenta. Según vos, Caspian, no tenemos un ejército lo bastante poderoso para enfrentarnos a Miraz en una batalla campal.

—Eso me temo, Sumo Monarca —respondió Caspian.

Cada vez le caía mejor Peter, pero se sentía un tanto cohibido. Le resultaba más extraño a él encontrarse con los grandes reyes de las viejas historias que a ellos encontrarse con él.

—Muy bien, pues —declaró Peter—, le enviaré un desafío para un combate cuerpo a cuerpo.

A nadie se le había ocurrido aquella posibilidad.

—Por favor —dijo Caspian—, ¿no podría ser yo? Quiero vengar a mi padre.

—Estáis herido —contestó Peter—. Y además, ¿no se reiría de un desafío vuestro? Quiero decir, nosotros hemos comprobado que sois un rey y un guerrero, pero él os considera un niño.

—Pero, señor —intervino el tejón, que estaba sentado muy cerca de Peter y no apartaba los ojos de él ni un segundo—. ¿Aceptará un desafío que provenga de vos? Sabe que posee el ejército más poderoso.

—Es muy probable que no lo haga, pero siempre existe la posibilidad de que acepte. E incluso aunque no lo haga, pasaremos la mayor parte del día enviando heraldos de un lado a otro y todo eso. Para entonces tal vez Aslan haya hecho algo. Y al menos podré inspeccionar el ejército y reforzar la posición. Enviaré el desafío. Es más, lo escribiré ahora mismo. ¿Tiene pluma y tinta, maese doctor?

—Un hombre de letras jamás anda por ahí sin ellas, Majestad —respondió el doctor Cornelius.

—Magnífico, empezaré a dictar —dijo Peter.

Mientras el doctor extendía un pergamino y abría su tintero de cuerno y afilaba la pluma,

Peter se recostó hacia atrás con los ojos medio cerrados y rememoró la lengua en la que había redactado tales cosas mucho tiempo atrás durante la era dorada de Narnia.

—Bien —dijo por fin—. Y ahora, ¿está listo, doctor?

El doctor Cornelius humedeció la pluma y aguardó, y Peter dictó como sigue:

—*Peter, por el don de Aslan, por elección, por prescripción y por conquista, Sumo Monarca sobre todos los reyes de Narnia, Emperador de las Islas Solitarias y Señor de Cair Paravel, Caballero de la muy Noble Orden del León, a Miraz, hijo de Caspian VIII, en un tiempo Lord Protector de Narnia y que ahora se llama a sí mismo rey de Narnia, saludos.* ¿Lo has apuntado bien?

—*Narnia, coma, saludos* —murmuró el doctor—. Sí, señor.

—Entonces empieza un nuevo párrafo —indicó Peter—. *Para impedir el derramamiento de sangre, y para el soslayamiento de todos los demás inconvenientes que puedan surgir de las guerras que tienen lugar en nuestro reino de Narnia, tenemos el placer de aventurar nuestra real persona en nombre de nuestro leal y querido Caspian en limpio combate para demostrar sobre el cuerpo de Su Señoría que dicho Caspian es rey legítimo de Narnia tanto por nuestro obsequio como por las leyes de los telmarinos, y que Su Señoría es culpable doblemente de traición tanto por denegar el dominio de Narnia a dicho Caspian como por el muy abomminable,* no olvide escribirlo con dos emes, doctor, *sanguinario, y antinatural asesinato de vuestro bondadoso señor y hermano el llamado rey Caspian IX. Por lo cual muy gustosamente provocamos, desafiamos y retamos a Su Señoría a dicho combate y monomaquia, y enviamos esta misiva de la mano de nuestro muy amado y real hermano Edmund, antiguo monarca bajo nuestro reinado en Narnia, Duque del Erial del Farol y Conde del Linde Occidental, caballero de la Noble Orden de la Mesa, a quien hemos otorgado completos poderes para fijar con Su Señoría todas las condiciones del susodicho combate. Fechado en nuestros aposentos del Altozano de Aslan este día duodécimo del mes de la Bóveda Verde del primer año de Caspian X de Narnia.*

»Eso debería servir —declaró Peter, aspirando con energía—. Y ahora debemos enviar a otros dos con el rey Edmund. Creo que el gigante debería ser uno de ellos.

—No es... no es muy listo, ¿sabéis? —dijo Caspian.

—Claro que no. Pero cualquier gigante tiene un aspecto impresionante si mantiene la boca cerrada. Y eso le dará ánimos. Pero ¿quién será el otro?

—Os aseguro —dijo Trumpkin— que si queréis

a alguien de mirada asesina, Reepicheep sería el mejor.

—Ya lo creo, a juzgar por lo que
he oído —respondió Peter con
una carcajada—. Si no fuera tan
pequeño... Si lo mandamos, ¡ni
siquiera lo verán hasta que
esté muy cerca!

—Enviad a Borrasca de
las Cañadas, Majestad —sugi-
rió Buscatrufas—. Nadie se ha reído jamás de un
centauro.

Al cabo de una hora dos grandes nobles del
ejército de Miraz, lord Glozelle y lord Sopespian,
que paseaban ante sus líneas de defensa escar-
bándose los dientes con un palillo después de haber desayunado, alzaron los ojos y vieron descendiendo hacia ellos desde el bosque al centauro y
al gigante Turbión, a los que ya habían visto en
combate, y entre ellos una figura que no recono-
cieron. Tampoco podrían haber reconocido a
Edmund sus compañeros de escuela de haberlo
visto en aquel momento. Aslan había soplado sobre él durante su encuentro y una especie de
grandeza lo envolvía.

—¿Qué hay que hacer? —preguntó lord Glozelle—. ¿Atacar?

—Parlamentar, diría yo —respondió Sopespian—. Fijaos, llevan ramas verdes. Probablemente vienen a rendirse.

—El que anda entre el centauro y el gigante no tiene aspecto de venir a rendirse —observó Glozelle—. ¿Quién puede ser? No es ese chico, Caspian.

—No, desde luego que no —repuso su compañero—. Éste es un guerrero fiero, os lo garantizo, me gustaría saber de dónde lo han sacado los rebeldes. Es una persona más regia, se lo digo a Su Señoría en privado, de lo que jamás fue Miraz. ¡Y qué cota de malla lleva! Ninguno de nuestros herreros es capaz de crear algo semejante.

—Apostaría mi tordo *Pomely* a que trae un desafío, no una rendición —dijo Glozelle.

—¿Cómo puede ser? —inquirió el otro—. Tenemos atrapado al enemigo aquí. Miraz jamás sería tan estúpido como para desperdiciar su ventaja en un combate.

—Puede verse obligado a hacerlo —indicó su compañero en voz mucho más queda.

—Hablad en voz baja —dijo Sopespian—. Vayamos un poco hacia allí, donde no puedan oírnos esos centinelas. Bien. ¿He entendido correctamente el comentario de Su Señoría?

—Si el rey aceptara librar combate —susurró Glozelle— o bien mataría o lo matarían.

—Claro —respondió el otro, asintiendo con la cabeza.

—Y si él matara habríamos ganado esta guerra.

—Desde luego. ¿Y si no lo hiciera?

—Pues, si no, tendríamos las mismas probabilidades de ganarla sin el rey que con él. Pues no hace falta que diga a Su Señoría que Miraz no es un gran capitán. Y tras ello, nos encontraríamos a la vez victoriosos y sin monarca.

—Y lo que queréis decir, mi señor, es que vos y yo podríamos gobernar este país tan cómodamente sin rey como con él...

—Sin olvidar —dijo Glozelle, con una expresión repulsiva en el rostro—, que fuimos nosotros quienes lo pusimos en el trono. Y durante todos los años que lleva disfrutando de él, ¿qué frutos hemos obtenido? ¿Qué gratitud nos ha demostrado?

—No digáis más —respondió Sopespian—. Mirad; ya vienen a llamarnos a la tienda del rey.

Cuando llegaron a la tienda de Miraz vieron a Edmund y a sus dos compañeros sentados en el exterior, agasajados con pasteles y vino, tras haber entregado el desafío y haberse retirado mientras el rey lo estudiaba. Ahora que los veían tan de cerca los dos nobles telmarinos se dijeron que los tres resultaban muy alarmantes.

En el interior, encontraron a Miraz, desarmado y terminando de desayunar. Tenía el rostro sonrojado y el entrecejo fruncido.

—¡Tomad! —gruñó, arrojándoles el pergamino a través de la mesa—. Mirad qué cuento infantil nos ha enviado ese mequetrefe de mi sobrino.

—Con vuestro permiso, Majestad —dijo Glozelle—, si el joven guerrero que acabamos de ver ahí fuera es el rey Edmund que se menciona en el escrito, yo no llamaría a eso un cuento infantil. ¡Parece un caballero muy peligroso!

—El rey Edmund, ¡bah! —exclamó Miraz—. ¿Es que Su Señoría cree en esos cuentos de viejas sobre Peter y Edmund y el resto?

—Creo en mis ojos, Majestad —respondió Glozelle.

—Vaya, esto es inútil —replicó Miraz—, pero en lo referente al desafío, ¿supongo que somos de la misma opinión?

—Eso supongo, desde luego, señor —indicó él.

—Y ¿cuál es? —preguntó el monarca.

—Indudablemente rechazarlo —dijo el noble—. Pues si bien jamás me han llamado cobarde, debo decir con toda claridad que enfrentarse a ese joven en combate es más de lo que mi corazón permitiría. Y si, como es probable, su hermano el Sumo Monarca es más peligroso que él..., pues, ni en sueños, mi señor rey, debéis tener nada que ver con él.

—¡Maldito seáis! —gritó Miraz—. No era ésa la clase de consejo que deseaba. ¿Creéis que os pregunto si debería sentir miedo de enfrentarme a ese Peter, si es que existe tal persona? ¿Creéis que le temo? Deseaba vuestro consejo sobre lo prudente de la medida; sobre si nosotros, estando en ventaja, deberíamos arriesgarla en un desafío.

—A lo cual sólo puedo responder a Su Majestad —dijo Glozelle— que se dan todas las razones posibles por las que se debe rechazar el duelo. La muerte está pintada en el rostro del caballero desconocido.

—¡Ya volvéis a empezar! —exclamó Miraz, totalmente furioso—. ¿Es que intentáis que parezca tan cobarde como Su Señoría?

—Su Majestad puede decir lo que le plazca —indicó el noble, malhumorado.

—Habláis como una anciana, Glozelle —dijo el rey—. ¿Qué decís vos, lord Sopespian?

—Ni lo toquéis, señor —fue la respuesta—. Y lo que Su Majestad dice sobre lo prudente de la medida nos viene muy bien. Da a Su Majestad razones para una negativa sin que haya motivos para cuestionar el honor o el valor del rey.

—¡Cielos! —exclamó Miraz, poniéndose en pie

de un salto—. ¿Estáis también hechizado hoy? ¿Creéis que busco motivos para rechazarlo? En ese caso podríais llamarme cobarde directamente.

La conversación discurría exactamente tal como los dos nobles deseaban, de modo que no dijeron nada.

—Ya comprendo lo que sucede —siguió Miraz, tras contemplarlos con tanta fijeza que pareció que sus ojos fueran a saltar de las órbitas—, ¡sois tan cobardes como liebres y tenéis la desfachatez de imaginar que soy como vosotros! ¡Motivos para una negativa! ¡Excusas para no pelear! ¿Os llamáis soldados? ¿Sois telmarinos? ¿Sois hombres? Y si rehúso, como todos los argumentos de capitanía y política militar me instan a hacer, pensaréis, y enseñaréis a pensar a los otros, que tuve miedo. ¿No es cierto?

—Ningún soldado sensato —dijo Glozelle— llamaría cobarde a un hombre de vuestra edad por rechazar el combate con un gran guerrero que se halla en la flor de su juventud.

—De modo que también soy un viejo chocho con un pie en la sepultura, además de un cobarde —rugió Miraz—. Os diré lo que sucede, nobles míos. Con vuestros consejos afeminados, que no hacen más que huir de la auténtica cuestión, que es la de los principios, habéis conseguido todo lo contrario de lo que intentabais. Había pensado rechazarlo. Pero lo aceptaré. ¿Lo oís? ¡Lo aceptaré! No dejaré que me avergüencen sólo porque algún encantamiento o traición os ha helado la sangre.

—Os lo suplicamos, Majestad... —dijo Glozelle, pero Miraz había salido como una exhalación de la tienda y oyeron cómo chillaba su aceptación a Edmund.

Los dos nobles intercambiaron miradas y rieron por lo bajo.

—Sabía que lo haría si lo irritábamos lo suficiente —comentó Glozelle—. Pero no olvidaré que me llamó cobarde. Pagará por ello.

Hubo una gran agitación en el Altozano de Aslan cuando llegó la noticia y se comunicó a las diferentes criaturas. Edmund, junto con uno de los capitanes de Miraz, había señalado ya el lugar del combate, y lo habían circundado con cuerdas y palos. Dos telmarinos se colocarían en dos de las esquinas, y uno en el centro de uno de los lados, como jueces de la liza. Otros tres jueces para las otras dos esquinas los proporcionaría el Sumo Monarca. Peter explicaba en aquel momento a Caspian que él no podía ser uno de ellos, porque era por su derecho al trono por lo que peleaban, cuando de improviso una voz apagada y soñolienta dijo:

—Majestad, por favor.

Peter se volvió, y allí estaba el mayor de los Osos Barrigudos.

—Si lo permitís, Majestad —dijo—. Yo soy un oso.

—Desde luego, claro que lo eres, y un buen oso, además, no tengo la menor duda —respondió Peter.

—Sí —siguió el oso—; pero siempre fue un derecho de los osos facilitar un juez en las lizas.

—No se lo permitáis —susurró Trumpkin a Peter—. Es una criatura excelente, pero nos avergonzará a todos. Se dormirá y se chupará las patas. Enfrente del enemigo, además.

—No puedo evitarlo —replicó Peter—, porque tiene toda la razón. Los osos poseían ese privilegio. No sé cómo es que aún se acuerda después de todos estos años, cuando tantas otras cosas se han olvidado.

—Por favor, Majestad —insistió el oso.

—Es tu derecho —dijo Peter—, y serás uno de los jueces. Pero debes recordar no chuparte las patas.

—Desde luego que no —respondió el oso con voz escandalizada.

—Pero ¡si lo estás haciendo en estos momentos! —rugió Trumpkin.

El oso se sacó la pata de la boca y fingió no haber oído nada.

—¡Majestad! —dijo una voz aguda desde muy cerca del suelo.

—¡Ah, Reepicheep! —exclamó Peter, tras mirar arriba, abajo y a su alrededor como acostumbra a hacer la gente cuando les dirige la palabra un ratón.

—Señor —siguió Reepicheep—, mi vida está a vuestra disposición, pero mi honor es mío. Majestad, tengo entre mi gente al único trompeta de vuestro ejército. Había pensado que, tal vez, nos enviariais con el desafío. Majestad, mi gente se siente apenada. Quizá si tuvierais a bien que fuera un juez en la liza, ello la contentaría.

Un sonido no muy distinto de un trueno surgió de algún punto sobre sus cabezas en aquel momento, cuando el gigante Turbión prorrumpió en una de sus no muy inteligentes carcajadas a las que los gigantes de buena pasta son tan propensos. Se contuvo al instante y ya había adoptado una expresión tan seria como la de un nabo cuando Reepicheep descubrió por fin de dónde provenía el ruido.

—Me temo que no podrá ser —dijo Peter muy solemnemente—. Algunos humanos tienen miedo a los ratones...

—Eso había observado, Majestad —respondió el ratón.

—Y no sería muy justo para Miraz —siguió el monarca— tener a la vista cualquier cosa que pudiera embotar el filo de su valor.

—Su Majestad es un modelo de honor —dijo el ratón con una de sus admirables reverencias—. Y en esta cuestión pensamos lo mismo... Me pareció oír que alguien se reía hace un momento. Si alguno de los presentes desea convertirme en el tema de su ingenio, estoy totalmente a su servicio... con mi espada... en cuanto lo desee.

Un silencio terrible siguió a aquel comentario, que rompió Peter al decir:

—El gigante Turbión, el oso y el centauro Borrasca de las Cañadas serán nuestros jueces. El combate se celebrará dos horas después del me-

diodía. La comida se servirá al mediodía exactamente.

—Oye —dijo Edmund mientras se alejaban—,
supongo que todo saldrá bien. Quiero decir, supongo que puedes derrotarlo...

—Por eso peleo contra él, para descubrirlo —respondió su hermano.

CAPÍTULO 14

~~~

Todos tienen un día muy ajetreado

Un poco antes de las dos de la tarde, Trumpkin y el tejón estaban sentados junto con el resto de las criaturas en el linde del bosque, contemplando la reluciente hilera del ejército de Miraz situada a unos dos tiros de flecha. Entre ambos se había delimitado con estacas un espacio cuadrado de hierba rasa para el duelo. En los dos extremos más alejados estaban Glozelle y Sopespian con las espadas desenvainadas. Las dos esquinas más cercanas las ocupaban el gigante Turbión y el Oso Barrigudo, quien a pesar de todas las advertencias recibidas se dedicaba a lamerse las patas y mostraba un aspecto, si hay que ser sincero, extraordinariamente estúpido. Para compensarlo, Tormenta de las Cañadas, al lado derecho del terreno de la liza, completamente inmóvil excepto cuando golpeaba el suelo con uno de los cascos traseros, aparecía mucho más impresionante que el barón telmarino, situado frente a él a la izquierda. Peter acababa de estrechar las manos de Edmund y del doctor, y se dirigía al lugar del combate. Era igual que el momento antes de que suene el disparo en una carrera importante, o mucho peor.

—Ojalá Aslan hubiera aparecido antes de tener que llegar a esto —comentó Trumpkin.

—También lo pensaba yo —dijo Buscatrufas—, pero mira a tu espalda.

—¡Cuervos y cacharros! —masculló el enano en cuanto lo hizo—. ¿Qué son? Son gente enorme, gente hermosa, igual que dioses, diosas y gigantes. Cientos de miles de ellos, que se aproximan por detrás. ¿Qué son?

—Son las dríadas, hamadríadas y silvanos —respondió el tejón—. Aslan los ha despertado.

—¡Vaya! —dijo el otro—. Serán muy útiles si el enemigo intenta alguna traición. Pero no ayudarán demasiado al Sumo Monarca si Miraz resulta ser más diestro con su espada.

El tejón no dijo nada, pues en aquel momento Peter y Miraz entraban en el terreno cercado, ambos a pie, ambos con cotas de malla, yelmos y escudos. Avanzaron hasta estar muy cerca el uno del otro. Ambos realizaron una inclinación y parecieron hablar, pero fue imposible oír lo que decían. Al cabo de un instante las dos espadas centellearon bajo la luz del sol, y durante un segundo se pudo oír el estrépito del metal, pero éste quedó inmediatamente ahogado porque los dos ejércitos empezaron a gritar igual que una multitud enfervorizada en un partido de fútbol.

—¡Bien hecho, Peter, muy bien hecho! —gritó Edmund al ver como Miraz retrocedía un paso y medio—. ¡Sigue así, rápido!

Y Peter lo hizo, y durante unos segundos pareció que el combate estaba ganado. Pero entonces Miraz se recuperó, y empezó a hacer auténtico uso de su peso y estatura.

—¡Miraz! ¡El rey! ¡El rey! —rugieron los telmarinos.

Caspian y Edmund palidecieron, llenos de horrible ansiedad.

—¡Menudos golpes está recibiendo Peter! —dijo Edmund.

—¡Vaya! —exclamó Caspian—. ¿Qué sucede ahora?

—Se están separando —indicó Edmund—. Espero que recuperen el aliento. Observa. Ya vuelven a empezar, de un modo más técnico. Describen círculos sin parar, tanteándose las defensas mutuamente.

—Me temo que este Miraz sabe lo que se hace —refunfuñó el doctor.

Pero apenas acababa de decirlo cuando hubo tales aplausos, gritos y voltear de capuchas en el aire entre los viejos narnianos que resultó casi ensordecedor.

—¿Qué ha sido eso? ¿Qué ha sido eso? —inquirió el doctor—. Mis ancianos ojos no lo han captado.

—El Sumo Monarca acaba de pincharlo en la axila —explicó Caspian, sin dejar de aplaudir—. Justo donde el agujero de la manga de la cota de malla deja pasar la punta. Se acaba de derramar sangre.

—De todos modos vuelve a no pintar bien —indicó Edmund—. Peter no utiliza el escudo correctamente. Sin duda tiene el brazo izquierdo herido.

Era muy cierto. Resultaba evidente para todos que el escudo de Peter colgaba sin fuerza. Los gritos de los telmarinos se redoblaron.

—Vos habéis visto más combates que yo —dijo Caspian—. ¿Hay alguna posibilidad ahora?

—Poquísimas —respondió Edmund—. Supongo que tal vez pueda conseguirlo. Con suerte.

—¡Ay! ¿Por qué permitimos que sucediera?

De repente todo el vocerío en ambos bandos se acalló. Edmund se sintió desconcertado por un instante; luego dijo:

—Ya comprendo. Los dos han acordado un descanso. Vamos, doctor. Usted y yo podríamos hacer algo por el Sumo Monarca.

Bajaron corriendo al cercado y Peter salió fuera de las cuerdas para ir a su encuentro, con el rostro rojo y sudoroso, y el pecho jadeante.

—¿Tienes una herida en el brazo izquierdo? —preguntó su hermano.

—No es exactamente una herida —respondió él—. Recibí todo el peso de su hombro sobre el escudo, como una carretada de ladrillos, y el borde del escudo se clavó en mi muñeca. No creo que esté rota, pero podría ser una torcedura. Si pudierais atarla muy fuerte creo que me las arreglaría.

Mientras lo hacían, Edmund preguntó, ansioso:

—¿Qué opinas, Peter?

—Es duro —respondió él—. Muy duro. Podré vencerlo si lo mantengo en movimiento hasta que su peso y el cansancio se vuelvan en su contra. De lo contrario, no tengo demasiadas posibilidades. Dale todo mi amor a todo el mundo en casa, Ed, si acaba conmigo. Bueno, ya vuelve a la palestra. Hasta luego, chico. Adiós, doctor. Y oye, Ed, dile algo especialmente agradable a Trumpkin. Ha sido un gran tipo.

Edmund no consiguió decir nada. Regresó junto con el doctor a sus propias filas con una horrible sensación en el estómago.

Sin embargo, en el nuevo asalto le fue bien. Peter parecía ya capaz de usar un poco el escudo, y desde luego hacía un buen uso de los pies. Casi jugaba a «tú la llevas» con Miraz, manteniéndose fuera de su alcance, cambiando de posición y haciendo que el enemigo se moviera.

—¡Cobarde! —abuchearon los telmarinos—. ¿Por qué no os enfrentáis a él? No os gusta, ¿eh? Pensábamos que habíais venido aquí a luchar, no a bailar. ¡Uh!

—Espero que no les haga caso —dijo Caspian.

—No lo hará —respondió Edmund—. No lo conocéis. ¡Vaya!

Miraz había conseguido asestar un golpe al yelmo de Peter, quien se tambaleó, resbaló a un lado y cayó sobre una rodilla. El rugido de los telmarinos se elevó como el sonido del mar.

—¡Ahora, Miraz! —aullaron—. ¡Ahora! ¡Rápido! ¡Rápido! ¡Matadlo!

Desde luego no era necesario incitar al usurpador, pues éste se hallaba ya de pie junto a Peter. Edmund se mordió los labios hasta hacer brotar sangre, mientras la espada descendía sobre su hermano. Pareció que iba a rebanarle la cabeza, pero, ¡a Dios gracias!, rebotó en el hombro derecho. La cota de malla forjada por los enanos era resistente y no se rompió.

—¡Diablos! —gritó Edmund—. Se ha vuelto a levantar. ¡Vamos, Peter, vamos!

—No he podido ver qué sucedía —dijo el doctor—. ¿Cómo lo ha hecho?

—Ha sujetado el brazo de Miraz mientras descendía —explicó Trumpkin, dando saltos de júbilo—. ¡Eso es un guerrero! Utiliza el brazo del enemigo como escala. ¡Viva el Sumo Monarca! ¡Viva el Sumo Monarca! ¡Arriba, Vieja Narnia!

—Mirad —indicó Buscatrufas—. Miraz está enojado. Eso es bueno.

Desde luego en aquel momento luchaban a brazo partido: tal era el frenesí de golpes que parecía imposible que no perecieran ambos. A medida que aumentaba la excitación, los gritos casi se apagaron. Los espectadores contenían el aliento. Era un espectáculo horrible y magnífico a la vez.

Un gran grito surgió de los viejos narnianos. Miraz había caído; no golpeado por Peter, sino de bruces, después de haber tropezado con un montecillo de hierbas. Peter retrocedió, aguardando a que se incorporara.

—Maldita sea, maldita sea, maldita sea —dijo Edmund para sí—. ¿Es que tiene que ser caballeroso hasta ese punto? Supongo que sí. Es el resultado de ser un caballero y un Sumo Monarca. Supongo que es lo que le gustaría a Aslan. Pero ese bruto se pondrá en pie dentro de nada y entonces...

Pero aquel «bruto» nunca se levantó. Los lores Glozelle y Sopespian tenían sus propios planes preparados. En cuanto vieron a su rey caído saltaron a la palestra gritando:

—¡Traición! ¡Traición! El traidor narniano lo ha apuñalado por la espalda mientras yacía impotente. ¡A las armas! ¡A las armas, Telmar!

Peter apenas comprendió lo que sucedía. Vio a dos hombres fornidos que corrían hacia él con las espadas desenvainadas. Luego un tercer telmarino saltó también las cuerdas a su izquierda.

—¡A las armas, Narnia! ¡Traición! —gritó Peter.

Si los tres se hubieran abalanzado sobre él a la vez no habría vuelto a hablar jamás; pero Glozelle se detuvo para apuñalar a su propio rey allí donde yacía.

—Eso es por vuestro insulto, esta mañana —musitó mientras la hoja se hundía.

Peter se dio la vuelta para enfrentarse a Sopespian, le acuchilló las piernas y, con el mismo movimiento de retorno del arma, le rebanó la cabeza. Edmund se hallaba ya junto a él gritando:

—¡Narnia, Narnia! ¡Por el león!

Todo el ejército telmarino se abalanzaba sobre ellos; pero el gigante empezó a avanzar con fuertes pisadas, bien inclinado y balanceando el garrote. Los centauros cargaron. *Clanc, clanc* detrás y *zum, zum* sobre sus cabezas sonaban los arcos de los enanos. Trumpkin combatía a su izquierda. Se había iniciado una batalla campal.

—¡Retrocede, Reepicheep, insensato! —gritó Peter—. Sólo conseguirás que te maten. Éste no es lugar para ratones.

Pero las menudas criaturitas no dejaban de danzar de un lado a otro por entre los pies de ambos ejércitos. Muchos guerreros telmarinos sintieron ese día como si les perforaran el pie con una docena de espetones, saltaron sobre una pierna maldiciendo de dolor, y fueron derribados en no pocas ocasiones. Si alguno caía, los ratones acababan con él; si no lo hacía, otros se ocupaban de él.

Sin embargo, incluso antes de que hubieran empezado a entusiasmarse con la tarea, los viejos narnianos se encontraron con que el enemigo empezaba a retroceder. Guerreros de aspecto duro palidecían, contemplaban aterrorizados no a los viejos narnianos sino algo situado detrás de ellos, y a continuación arrojaban las armas al suelo, aullando:

—¡El bosque! ¡El bosque! ¡El fin del mundo!

Muy pronto ya no pudieron oírse ni sus gritos ni el sonido de las armas en medio del rugido parecido a un oleaje de los árboles recién despertados que se abrían paso por entre las filas del ejército de Peter, y luego seguían adelante, persiguiendo a los telmarinos. ¿Has estado alguna vez en el linde de un gran bosque, en una cordillera elevada, cuando el violento viento del sudoeste se abate sobre él con toda la furia de una tarde de otoño? Imagina ese sonido y luego imagina que el bosque, en lugar de estar fijo en un sitio, corriera hacia ti; y que ya no se tratara de árboles sino de gente enorme; pero que no obstante recordaran a los árboles porque los largos brazos se agitaran igual que ramas y las cabezas se balancearan y una lluvia de hojas cayera a su alrededor. Eso fue lo que vieron los telmarinos. Incluso resultó un tanto alarmante para los narnianos. En unos minutos todos los seguidores de Miraz corrían hacia el Gran Río con la esperanza de cruzar el puente hasta la ciudad de Beruna y defenderse allí al amparo de murallas y puertas cerradas.

Llegaron al río, pero no había puente. Había desaparecido de la noche a la mañana. Entonces un terror y horror incontrolables se apoderaron de todos ellos y se rindieron.

Pero ¿qué le había sucedido al puente?

Con las primeras luces del día, tras unas pocas horas de sueño, las niñas despertaron y se encontraron con Aslan de pie junto a ellas, que les decía:

—Vamos a divertirnos.

Se frotaron los ojos y miraron a su alrededor. Los árboles se habían ido pero todavía se podían ver alejándose en dirección al Altozano de Aslan en forma de oscuras masas. Baco y las bacantes —sus impetuosas y atolondradas muchachas— y Sileno estaban allí. Lucy, totalmente descansada, se levantó de un salto. Todo el mundo estaba despierto, y todo el mundo reía, sonaban flautas, golpeaban los platillos. Animales, no Bestias Parlantes, se aproximaban a ellos desde todas las direcciones.

—¿Qué sucede, Aslan? —preguntó Lucy, con los ojos brillantes y los pies deseando bailar.

—Venid, niñas —dijo él—. Volved a montar en mi lomo.

—¡Magnífico! —exclamó Lucy, y las dos niñas montaron sobre el cálido lomo como habían hecho nadie sabía cuántos años atrás.

A continuación todo el grupo se puso en movimiento; con Aslan a la cabeza, con Baco y sus bacantes pegando saltos, corriendo y dando volteretas, con los animales retozando a su alrededor y con Sileno y su asno cerrando la marcha.

Giraron un poco a la derecha, descendieron corriendo por una empinada colina, y encontraron el largo puente de Beruna frente a ellos. Sin embargo, antes de que empezaran a cruzarlo, de las aguas surgió una enorme y mojada cabeza barbuda, más grande que la de un hombre, coronada de juncos. Miró a Aslan y de su boca surgió una voz profunda.

—Saludos, mi señor —dijo—. Soltad mis cadenas.

—¿Quién diantres es ése? —musitó Susan.

—Creo que es el dios del río —respondió Lucy.

—Baco —indicó Aslan—, libéralo de sus cadenas.

«Supongo que se refiere al puente», pensó Lucy.

Y así era. Baco y sus acompañantes se introdujeron con un gran chapoteo en las poco profundas aguas, y al cabo de un minuto empezó a suceder algo muy curioso. Enormes y poderosos troncos de hiedra se enroscaron alrededor de todos los pilares del puente, creciendo con la misma velocidad que las llamas, para envolver las piedras por completo, agrietarlas, romperlas y separarlas. Las paredes del puente se convirtieron en setos adornados de espinos durante un instante y a continuación desaparecieron cuando toda la estructura, con un estremecimiento y un retumbo se derrumbó en las arremolinadas aguas. Entre chapoteos, gritos y risas el alegre grupo se puso a vadear, nadar o bailar a través del remanso —«¡Viva, vuelve a ser el Vado de Beruna!», gritaban las muchachas—, para luego ascender por la orilla del lado opuesto y dirigirse a la ciudad.

Toda la gente que había en las calles huyó ante ellos. La primera casa a la que llegaron era una escuela: una escuela para niñas, donde un buen número de pequeñas narnianas, con las melenas bien repeinadas, horribles cuellos rígidos alrededor de la garganta y gruesas medias rasposas en las piernas, asistían a una lección de Historia. La clase de «Historia» que se enseñaba en Narnia bajo el mandato de Miraz era más aburrida que la historia más auténtica que uno haya leído nunca y menos cierta que el relato de aventuras más emocionante.

—Si no prestas atención, Gwendolen —dijo la profesora—, y dejas de mirar por la ventana, tendré que ponerte una mala nota en disciplina.

—Por favor, señorita Prizzle... —empezó la niña.

—¿No me has oído, Gwendolen? —inquirió la señorita Prizzle.

—Pero por favor, señorita Prizzle —repitió ella—. ¡Hay un LEÓN!

—Tienes dos faltas de disciplina por decir tonterías —indicó la profesora—. Y ahora...

Un rugido interrumpió sus palabras, y zarcillos de enredaderas penetraron zigzagueantes por las ventanas del aula. Las paredes se transformaron en una masa de reluciente color verde, y ramas llenas de hojas formaron arcos sobre sus cabezas allí donde había estado el techo. La señorita Prizzle descubrió que se encontraba sobre un suelo de hierba en un claro del bosque. Se aferró al pupitre para recuperar la serenidad, y se encontró con que el pupitre era un rosal. Gentes estrafalarias como nunca había imaginado siquiera se amontonaban a su alrededor. Entonces vio al león, lanzó un alarido y salió huyendo, y con ella huyó su clase, compuesta principalmente por niñas regordetas y remilgadas con piernas rechonchas. Gwendolen vaciló.

—¿Te quedarás con nosotros, querida? —preguntó Aslan.

—¿Puedo? Gracias, gracias —respondió ella.

Al instante tomó las manos de dos de las bacantes, que la hicieron dar vueltas en una alegre danza y la ayudaron a desprenderse de algunas de las incómodas e innecesarias prendas que llevaba.

Dondequiera que fueran en la pequeña población de Beruna sucedía lo mismo. La mayoría de la gente huía, pero unos cuantos se unían a ellos. Cuando abandonaron la ciudad eran un grupo más grande y jubiloso.

Siguieron avanzando por los llanos campos de la orilla norte, o de la orilla izquierda, del río. En cada granja, salían animales a unirse a ellos. Viejos y tristes asnos que jamás habían conocido la alegría se tornaban repentinamente jóvenes otra vez; perros encadenados rompían sus cadenas; los caballos pateaban sus carretas hasta hacerlas pedazos y trotaban para reunirse con ellos —*clop, clop*— relinchando alegremente mientras hacían volar terrones de barro con sus cascos.

Junto a un pozo situado en un patio encontraron a un hombre que le pegaba a un muchacho. El palo floreció en la mano del hombre, que intentó arrojarlo al suelo, pero éste permaneció pegado a su mano. El brazo se convirtió en una rama, su cuerpo en el tronco de un árbol y sus pies echaron raíces. El muchacho, que momentos antes lloraba, prorrumpió en carcajadas y se unió a ellos.

En un pueblecito a medio camino del Dique de los Castores, donde se unían dos ríos, llegaron a otra escuela en la que una joven de aspecto cansado enseñaba Aritmética a un grupo de muchachos de aspecto porcino. La muchacha miró por la ventana y vio a los divinos festejantes que subían cantando por la calle y una punzada de alegría atravesó su corazón. Aslan se detuvo justo bajo la ventana y alzó los ojos hacia ella.

—Oh, no, no —dijo ella—. Me encantaría. Pero no debo hacerlo. Tengo que cumplir con mi trabajo. Y los niños se asustarían si te vieran.

—¿Que nos asustaríamos? —inquirió el muchacho que más aspecto de cerdito tenía—. ¿Con quién habla por la ventana? ¡Vamos a contarle al inspector que habla con gente por la ventana cuando debería darnos clase!

—Vayamos a ver quién es —propuso otro muchacho, y todos se apelotonaron en la ventana.

Pero en cuanto sus rostros mezquinos asomaron al exterior, Baco gritó con todas sus fuerzas: «Euan, euoi-oi-oi-oi» y los niños empezaron a chillar aterrorizados y a pisotearse unos a otros para conseguir salir por la puerta o saltar por las ventanas. Y se dijo después, aunque no se sabe si es cierto o no, que a aquellos niños en concreto no se los volvió a ver nunca más, pero que aparecieron gran cantidad de cerditos magníficos que nadie había visto antes en esa parte del país.

—Ya está, querida mía —dijo Aslan a la profesora; y ella saltó al suelo y se unió al grupo.

En el Dique de los Castores volvieron a cruzar el río y siguieron hacia el oeste por la orilla meridional. Llegaron a una casita en la que había un niño en la puerta, llorando.

—¿Por qué lloras, cariño? —preguntó Aslan.

El niño, que jamás había visto un dibujo de un león, no sintió miedo de él.

—Mi tía está muy enferma —explicó—. Se va a morir.

Entonces Aslan hizo ademán de entrar por la puerta de la casa, pero era demasiado pequeña para él. Así pues, una vez que consiguió introducir la cabeza, empujó con los hombros —Lucy y Susan cayeron de su lomo cuando lo hizo— y levantó toda la casa en el aire y ésta se desplomó hacia atrás y se hizo pedazos. Y allí, todavía en la cama, a pesar de que la cama estaba ahora al aire libre, yacía una anciana que parecía tener sangre enana. Estaba a las puertas de la muerte, pero cuando abrió los ojos y vio la reluciente y peluda cabeza del león que la miraba fijamente a la cara, no chilló ni se desmayó, sino que dijo:

—¡Aslan! Ya sabía que era cierto. He esperado

esto toda mi vida. ¿Has venido a llevarme contigo?

—Sí, querida mía —respondió él—. Pero no para efectuar el largo viaje, todavía.

Y mientras él hablaba, igual que el arrebol que surge por debajo de una nube al amanecer, el color regresó a su rostro pálido, los ojos recuperaron el brillo y la mujer se sentó en la cama y declaró:

—Vaya, me siento estupendamente. Creo que desayunaré algo.

—Pues aquí tienes, anciana —dijo Baco, sumergiendo una jarra en el pozo de la casa y entregándosela.

Pero en el recipiente no había agua sino el vino más exquisito, rojo como la jalea de grosellas, suave como el aceite, reconstituyente como la carne, reconfortante como el té y fresco como el rocío.

—Le has hecho algo a nuestro pozo —comentó la mujer—. Es todo un cambio, ya lo creo. —Y saltó de la cama.

—Monta sobre mi lomo —indicó Aslan, y añadió, dirigiéndose a Susan y a Lucy—: Ahora vosotras dos tendréis que correr.

—¡Encantadas! —respondió Susan; y ambas se bajaron.

Y así, finalmente, entre saltos, bailes y canciones, acompañados de música, risas, rugidos, la-

dridos y relinchos, todos llegaron al lugar donde
estaba el ejército de Miraz, que arrojaba ya las armas al suelo y alzaba las manos, rodeado por el
ejército de Peter, que seguía empuñando sus armas con respiración jadeante, y los contemplaba
con rostros severos y satisfechos. Y lo primero
que sucedió fue que la anciana descendió del
lomo de Aslan y corrió hacia Caspian y ambos se
abrazaron, pues se trataba de su antigua aya.

CAPÍTULO 15

Aslan abre una puerta en el aire

En cuanto vieron al león, las mejillas de los soldados telmarinos adquirieron un color ceniciento, las rodillas empezaron a temblarles y muchos cayeron de bruces al suelo. No creían en leones y aquello aumentaba aún más su miedo. Incluso los enanos rojos, que sabían que venía como amigo, se quedaron boquiabiertos y fueron incapaces de hablar. Algunos de los enanos negros, que habían estado de parte de Nikabrik, empezaron a alejarse disimuladamente. Pero todas las Bestias Parlantes rodearon al león, entre ronroneos, gruñidos, chillidos y relinchos de satisfacción, haciéndole fiestas con la cola, restregándose contra él, acariciándolo respetuosamente con el hocico y paseando de un lado a otro bajo su cuerpo y entre sus patas. Si alguna vez has contemplado a un gatito haciéndole carantoñas a un perro enorme al

261

que quiere y en quien confía, podrás hacerte una buena idea de cómo se comportaban. Entonces Peter, conduciendo a Caspian, se abrió paso por entre la multitud de animales.

—Éste es Caspian, señor —presentó.

Y Caspian se arrodilló y besó la pata del león.

—Bienvenido, príncipe —saludó Aslan—. ¿Te consideras capaz de tomar posesión del trono de Narnia?

—No... no sé si lo soy —respondió él—. Soy sólo un niño.

—Estupendo —respondió Aslan—. Si te hubieras sentido capaz, ello habría sido prueba de que no lo eras. Por lo tanto, bajo nuestro mando y el del Sumo Monarca, serás Rey de Narnia, Señor de Cair Paravel y Emperador de las Islas Solitarias. Lo serás tú y lo serán tus herederos mientras dure tu estirpe. Y tu coronación... pero ¿qué tenemos aquí?

Se interrumpió al ver acercarse en aquel momento a una pequeña y curiosa procesión; once ratones, seis de los cuales transportaban algo sobre una camilla hecha de ramas, una camilla que no era mayor que un atlas grande. Nunca se habían visto unos ratones más desconsolados que aquéllos. Estaban manchados de barro —algunos también de sangre— y tenían las orejas gachas y los bigotes caídos. Sus colas arrastraban por la hierba y su cabecilla entonaba con su flauta una triste melodía. En la camilla yacía lo que no parecía más que un montón de piel mojada; todo lo que quedaba de Reepicheep. Respiraba todavía, pero estaba más muerto que vivo, cubierto de innumerables heridas, con una pata aplastada y, en el lugar que había ocupado la cola, un muñón vendado.

—Ahora te toca a ti, Lucy —indicó Aslan.

La niña sacó su botella de diamante al momento. A pesar de que sólo se necesitaba una gota para cada una de las heridas del ratón, éstas eran tantas que se produjo un largo e inquieto silencio hasta que hubo terminado y el ratón abandonó la camilla de un salto. La mano del roedor salió disparada hacia la empuñadura de su espada, mientras que con la otra se retorcía los bigotes.

—¡Se os saluda, Aslan! —dijo con voz aguda—. Tengo el honor de... —Entonces se interrumpió bruscamente.

Lo cierto era que seguía sin tener cola; ya fuera porque Lucy la había olvidado o porque su licor, aunque capaz de curar heridas, no podía hacer crecer cosas. Reepicheep se dio cuenta de su pérdida al efectuar la reverencia; tal vez porque alteró en cierto modo su equilibrio. Miró por encima del hombro derecho, y al no conseguir ver la cola, estiró aún más el cuello hasta que se vio obligado a girar los hombros y todo el cuerpo siguió el movimiento. Pero entonces también los cuartos traseros giraron y siguieron fuera de su vista. Volvió a estirar el cuello para mirar por encima del hombro, con el mismo resultado. Únicamente tras girar en redondo tres veces seguidas comprendió la horrible verdad.

—Estoy desconcertado —dijo a Aslan—. Estoy totalmente avergonzado y debo implorar vuestra indulgencia por aparecer de un modo tan indecoroso.

—Te sienta muy bien, Pequeña Criatura —respondió el león.

—De todos modos —respondió Reepicheep—, si pudiera hacerse algo... ¿Tal vez Su Majestad? —y al decir eso dedicó una reverencia a Lucy.

—Pero ¿para qué quieres cola? —inquirió Aslan.

—Señor —respondió él—, puedo comer, dormir y morir por mi rey sin cola. Pero una cola es el honor y la gloria de un ratón.

—A veces me he preguntado, amigo mío —dijo Aslan—, si no daréis demasiada importancia a vuestro honor.

—Supremo Señor de todos los Sumos Monarcas —respondió Reepicheep—, permitid que os recuerde que a nosotros los ratones se nos ha concedido una talla muy pequeña, y que si no protegiéramos nuestra dignidad, algunos, que calculan la valía por centímetros, se podrían permitir chanzas impropias a nuestra costa. Por ese motivo me he esforzado por dejar bien claro que nadie que no desee sentir mi espada pegada a su corazón debe hablar en mi presencia de trampas, queso tostado o velas: no, señor... ¡ni el más tonto de toda Narnia!

En aquel punto dirigió una mirada furiosa a Turbión, pero el gigante, que era un poco lento para captar las cosas, todavía no había descubierto de quién hablaban allí abajo, a sus pies, y por lo tanto no captó la insinuación.

—¿Por qué han desenvainado sus espadas todos tus seguidores, si es que puedo preguntarlo? —inquirió el león.

—Con el permiso de Su Excelentísima Majestad —respondió el segundo ratón, que se llamaba Peepiceek—, aguardamos todos para cortarnos la cola en el caso de que nuestro jefe deba seguir sin ella. No soportaremos la vergüenza de exhibir un honor que se le niega al Gran Ratón.

—¡Ah! —rugió Aslan—. Me habéis vencido. Tenéis un gran corazón. No será por salvaguardar tu dignidad, Reepicheep, sino por el amor que existe entre tu gente y tú, y aún más por la bondad que tu raza me demostró hace mucho tiempo cuando royeron las cuerdas que me ataban sobre la Mesa de Piedra (fue entonces, aunque hace tiempo que lo olvidasteis, cuando empezasteis a ser Ratones Parlantes). Por eso volverás a tener cola.

Antes de que terminara de hablar, la nueva cola estaba ya en su lugar. Luego, a una orden de Aslan, Peter otorgó el título de caballero de la Orden del León a Caspian, y Caspian, en cuanto fue nombrado caballero, la otorgó a Buscatrufas, a Trumpkin y a Reepicheep, y nombró al doctor Cornelius su Lord Canciller, y confirmó al Oso Barrigudo en su título hereditario de Juez de la Palestra. Y a continuación se oyó una gran ovación.

Después de aquello se llevó a los soldados telmarinos, con firmeza pero sin mofas ni golpes, al otro lado del vado y encerró bajo siete llaves en la ciudad de Beruna, dándoles carne y cerveza. Todos armaron un gran escándalo al tener que vadear el río, pues odiaban y temían el agua corriente tanto como odiaban y temían a los bosques y a los animales. Pero finalmente se puso fin a toda aquella lata, y dieron comienzo las actividades más agradables de aquel largo día.

Lucy, sentada muy cerca de Aslan y muy cómoda, se preguntaba qué estarían haciendo los árboles. En un principio creyó que se limitaban a danzar; desde luego daban lentas vueltas en dos círculos, uno de izquierda a derecha y el otro de derecha a izquierda. Entonces advirtió que no dejaban de arrojar algo al centro de ambos círculos. Hubo momentos en que le parecía como si cortaran largos mechones de sus cabellos; en otras ocasiones era como si arrancaran pedazos de los dedos... pero si era así, tenían muchos dedos de sobra y no les dolía. Sin embargo, lo que fuera que arrojaran, cuando llegaba al suelo se convertía en matorrales o palos secos. Luego tres o cuatro enanos rojos se adelantaron con sus encendedores y prendieron la pila, que primero chisporroteó, a continuación llameó y luego se encendió como se espera de una hoguera encendida en el bosque en una noche de verano. Y todos se sentaron en un amplio círculo a su alrededor.

Entonces Baco, Sileno y las bacantes iniciaron una danza, mucho más movida que la de los árboles; no era únicamente una danza divertida y hermosa (aunque ya lo creo que lo era), sino también una danza mágica de la abundancia, y allí donde sus manos y pies tocaban, se materializaba el banquete; lonjas de carne asada que llenaron la arboleda de un aroma delicioso, tortas de trigo y de avena, miel y azúcar de muchos colores, crema espesa como pudin y suave como el agua, y pirámides y cascadas de frutas: melocotones, ciruelas, granadas, peras, uvas, fresas, frambuesas. Luego, en enormes copas, cuencos y escudillas de madera, engalanados con ramas de enredaderas, llegaron los vinos: unos oscuros y espesos como jarabes de zumo de moras; otros de un rojo claro como jalea roja licuada; y aún otros de tonos amarillos, verdes, amarillo verdosos y verde amarillentos.

A la comunidad de árboles se le proporcionó otra clase de comida. Cuando Lucy vio a Cavador Clodsley y a sus topos escarbando el suelo en diversos lugares —lugares que Baco les había indicado— y comprendió que los árboles iban a comer «tierra», la recorrió un escalofrío; sin embargo, cuando vio la clase de tierra que se les llevaba sintió algo muy distinto. Empezaron con un sabroso mantillo que tenía el mismo aspecto que el chocolate; tan parecido al chocolate, en realidad, que Edmund probó un pedazo, aunque no lo encontró nada bueno. Una vez que el mantillo acalló un poco su apetito, los árboles dedicaron su atención a una tierra de la clase que uno ve en el condado de Somerset, que es casi de color rosa, y declararon que era la más ligera y dulce. En el apartado de quesos se les sirvió una tierra cretácea, y a continuación pasaron a delicados dulces de las piedras más exquisitas espolvoreadas con arena plateada de primera calidad. Bebieron muy

poco vino, y éste hizo que los acebos se volvieran muy parlanchines: pero por lo general saciaron la sed con grandes tragos de rocío mezclado con lluvia, sazonado con flores silvestres y un ligero toque de las nubes más delgadas.

De este modo agasajó Aslan a los narnianos hasta mucho después de que el sol se hubiera puesto, y las estrellas salieran; y la enorme hoguera, más ardiente entonces pero menos ruidosa, brilló como un faro en el oscuro bosque, y los atemorizados telmarinos la vieron desde lejos y se preguntaron qué significaría. Lo mejor de aquella fiesta fue que no había separaciones ni despedidas, pero a medida que las conversaciones se tornaban más quedas y lentas, uno tras otro empezaron a cabecear y a quedarse finalmente dormidos con los pies vueltos hacia el fuego y buenos amigos a cada lado, hasta que por fin se hizo el silencio en todo el círculo, y volvió a dejarse oír el murmullo del agua sobre las piedras en el Vado de Beruna. Pero durante toda la noche Aslan y la luna se contemplaron con ojos gozosos y fijos.

Al día siguiente, enviaron mensajeros, que fueron principalmente ardillas y pájaros, por todo el territorio con una proclama a todos los telmarinos diseminados por el país; incluidos, claro está, los prisioneros de Beruna. Se les informó que Caspian era ahora rey y que Narnia pertenecería a partir de entonces a las Bestias Parlantes y a los enanos, dríadas, faunos y otras criaturas tanto como a los seres humanos. Los que eligieran quedarse bajo aquellas nuevas condiciones podrían hacerlo; pero a quienes no les gustara la idea, Aslan les facilitaría otro hogar. Todos los que desearan irse de allí debían reunirse con Aslan y los reyes en el Vado de Beruna al mediodía del quinto día. Es fácil imaginar que aquello provocó no poca perplejidad entre los telmarinos. Algunos, principalmente los jóvenes, habían oído relatos sobre los Viejos Tiempos, igual que Caspian, y les encantó que regresaran, pues ya habían empezado a trabar amistad con aquellas criaturas. Todos esos decidieron quedarse en Narnia. Pero la mayoría de las gentes de más edad, en especial los que habían sido importantes bajo el reinado de Miraz, se sentían resentidos y no deseaban vivir en un lugar donde no podían llevar la voz cantante. «¿Vivir aquí con un montón de animales amaestrados? Ni hablar», dijeron. «Y con fantasmas, además», añadieron otros con un estremecimiento. «Eso es lo que son esas dríadas en realidad. No es nada prudente.» Algunos se mostraban recelosos, incluso. «No confío en ellos», decían. «No con ese horrible león. No man-

tendrá esas garras suyas apartadas de nosotros durante mucho tiempo, ya lo veréis.» Pero al mismo tiempo, también se mostraban igualmente recelosos de su oferta de darles un nuevo hogar. «Lo más probable es que nos lleve a todos a su guarida y nos coma de uno en uno», murmuraban. Y cuanto más hablaban entre ellos más enfurruñados y recelosos se volvían. De todos modos, más de la mitad se presentaron allí cuando llegó el día.

En un extremo del claro Aslan había hecho clavar dos estacas de madera, más altas que un hombre y con una separación de un metro aproximadamente. Un tercer trozo más ligero de madera estaba atado de una a otra, por la parte superior, uniéndolas, de modo que toda la estructura parecía una puerta que iba de ningún sitio a ninguna parte. Justo enfrente aguardaban Aslan en persona con Peter a su derecha y Caspian a su izquierda. Agrupados a su alrededor estaban, Susan, Edmund y Lucy, Trumpkin y Buscatrufas, lord Cornelius, Borrasca de las Cañadas, Reepicheep y otros. Los niños y los enanos habían hecho buen uso de los roperos reales de lo que había sido el castillo de Miraz y entonces era el castillo de Caspian, y entre sedas y telas de oro, con forros blancos como la nieve asomando desde las mangas acuchilladas, cotas de malla de plata y empuñaduras de espada adornadas con piedras preciosas, yelmos dorados y gorros de plumas, resplandecían tanto que casi deslumbraban. Incluso las bestias lucían magníficas cadenas alrededor del cuello. Sin embargo nadie tenía los ojos puestos en los niños, pues la melena dorada de Aslan, viva y acariciadora, los eclipsaba a todos. El resto de viejos narnianos permanecía de pie a ambos lados del claro, y en el extremo opuesto estaban los telmarinos. El sol brillaba con fuerza y los estandartes ondeaban en la brisa.

—Gentes de Telmar —dijo Aslan—, aquellos que busquéis una nueva tierra, escuchad mis palabras. Os enviaré a todos a vuestro propio país, que yo conozco y vosotros no.

—No recordamos Telmar. No sabemos dónde está. No sabemos cómo es —refunfuñaron ellos.

—Vinisteis a Narnia desde Telmar —siguió Aslan—. Pero llegasteis a Telmar desde otro lugar.

No pertenecéis a este mundo, en absoluto. Vinisteis aquí, hace unas cuantas generaciones, desde el mismo mundo al que pertenece el Sumo Monarca Peter.

Al escuchar aquello, la mitad de los telmarinos empezaron a lloriquear: «Ya lo veis. Ya os lo dijimos. Va a matarnos a todos, nos va a enviar fuera del mundo», y la otra mitad se dedicaron a hinchar el pecho y a darse palmadas unos a otros en la espalda mientras murmuraban: «¡Cómo no lo habíamos adivinado! Deberíamos haber sabido que no pertenecíamos a este lugar con todas estas criaturas estrafalarias, desagradables y sobrenaturales. Tenemos sangre real, ya lo veréis». E incluso Caspian, Cornelius y los niños se volvieron hacia Aslan con expresiones sorprendidas.

—Tranquilos —dijo el león con aquella voz baja suya que tanto se parecía a su gruñido; la tierra pareció temblar un poco y todos los seres vivos de la arboleda se quedaron quietos como estatuas.

—Tú, sir Caspian —indicó Aslan—, deberías haber sabido que no podías ser un auténtico rey de Narnia a menos que, como los reyes de antaño, fueras un Hijo de Adán y vinieras del mundo de los Hijos de Adán. Y eso eres. Hace muchos años en aquel mundo, en un profundo mar que recibe el nombre de Mar del Sur, un barco cargado de piratas fue empujado por una tormenta a una isla. Y allí hicieron lo que hacen los piratas: mataron a los nativos y tomaron a las nativas por esposas, y elaboraron vino de palma, y luego se dedicaron a beber y a emborracharse, y a tumbarse a la sombra de las palmeras a dormir, y cuando despertaban peleaban entre ellos, y en ocasiones también se mataban. Y en una de aquellas refriegas seis de ellos fueron puestos en fuga por el resto y huyeron con sus mujeres al centro de la isla y montaña arriba y entraron, según creyeron, en una cueva para esconderse. Pero se trataba de uno de los lugares mágicos de aquel mundo, uno de los resquicios o abismos entre mundos que existían en épocas pasadas, pero que se han vuelto muy escasos. Aquél era uno de los últimos: no digo el último. Y así pues cayeron, subieron, se metieron o descendieron a través de él, y se encontraron en este mundo, en el País de Telmar, que estaba deshabitado por aquel entonces. Pero por qué estaba deshabitado es una larga historia que no contaré ahora. Y en Telmar sus descendientes vivieron y se convirtieron en un pueblo fiero y orgulloso, y tras varias generaciones padecieron una hambruna e invadieron Narnia, que se hallaba sumida en un cierto desorden (pero eso también es una historia muy larga), y la conquistaron y gobernaron. ¿Escucháis todo esto con atención, rey Caspian?

—Ya lo creo, señor. Me habría gustado descender de un linaje más honorable.

—Desciendes de lord Adán y lady Eva —respondió el león—. Y eso es honor suficiente para que el mendigo más pobre mantenga la cabeza bien alta y vergüenza suficiente para inclinar los hombros del emperador más importante de la tierra. Date por satisfecho.

Caspian inclinó la cabeza.

—Y ahora —siguió Aslan—, vosotros, hombres y mujeres de Telmar, ¿regresaréis a esa isla del mundo de los hombres de la que vinieron vuestros antepasados? No es un mal lugar. La raza de aquellos piratas que la descubrieron se ha extinguido, y carece de habitantes. Existen buenos pozos de agua potable, el suelo es fértil y hay madera para construir y peces en las lagunas; y el resto de los hombres de ese mundo no la han descubierto todavía. La sima está abierta para que podáis regresar; pero debo advertiros que, una vez atravesada, se cerrará detrás de vosotros. Dejará de existir comunicación entre los mundos por esa puerta.

Reinó el silencio durante unos instantes. Luego

un tipo fornido de aspecto simpático que formaba parte de los soldados telmarinos se abrió paso al frente y anunció:

—Aceptaré la oferta.

—Es una buena elección —respondió Aslan—. Y puesto que has sido el primero en hablar, llevarás contigo una magia poderosa. Tu futuro en ese mundo será feliz. Adelante.

El hombre, algo pálido entonces, avanzó. Aslan y su corte se hicieron a un lado, dejándole libre acceso a la entrada vacía situada entre las estacas.

—Atraviésala, hijo mío —dijo el león, inclinándose hacia él y rozando la nariz del hombre con la suya.

En cuanto el aliento del animal cayó sobre él, una expresión nueva apareció en los ojos del soldado —sobresaltada, pero no desdichada— como si intentara recordar algo. Luego irguió los hombros y atravesó la puerta.

Los ojos de todo el mundo estaban fijos en él. Vieron los tres pedazos de madera, y a través de ellos los árboles, la hierba y el cielo de Narnia, y vieron también cómo el hombre pasaba por entre los postes: luego, en un instante, el soldado se esfumó.

Desde el otro extremo del claro los restantes telmarinos lanzaron un lamento.

—¡Ay! ¿Qué le ha sucedido? ¿Es que piensa asesinarnos? No pasaremos por ahí.

Y entonces uno de aquellos astutos telmarinos declaró:

—No vemos ningún otro mundo a través de esos palos. Si quieres que creamos en él, ¿por qué no cruza uno de vosotros? Todos tus amigos se mantienen bien alejados de ellos.

—Si mi ejemplo puede servir de algo, Aslan —dijo Reepicheep adelantándose al instante y efectuando una reverencia—, conduciré a mis ratones a través de ese arco si lo deseas sin una dilación.

—No, pequeño —respondió él, posando la aterciopelada zarpa con toda suavidad sobre la cabeza del ratón—. Os harían cosas terribles en ese mundo. Os mostrarían en las ferias. Son los otros los que deben dar ejemplo.

—Vamos —dijo Peter de improviso a Edmund y a Lucy—, es la hora.

—Por aquí —indicó Susan, que parecía estar al tanto de todo—, volvamos a los árboles. Tenemos que cambiarnos.

—¿Cambiar qué? —quiso saber Lucy.

—Las ropas, desde luego —respondió su hermana—. Pareceríamos bobos en el andén de una estación inglesa vestidos así.

—Pero nuestras cosas están en el castillo de Caspian —protestó Edmund.

—No, no lo están —dijo Peter, sin dejar de conducirlos a la zona más frondosa del bosque—. Están todas aquí. Las trajeron empaquetadas esta mañana. Está todo dispuesto.

—¿Sobre eso os hablaba Aslan a ti y a Susan esta mañana? —preguntó Lucy.

—Sí... De eso y de otras cosas —respondió Peter con rostro muy solemne—. No puedo contároslo todo. Había cosas que quería decirnos a Su y a mí porque no vamos a regresar a Narnia.

—¿Jamás? —exclamaron Edmund y Lucy, consternados.

—Vosotros dos sí volveréis —respondió Peter—. Al menos, por lo que dijo, estoy muy seguro de que quiere que regreséis algún día. Pero Su no, ni tampoco yo. Dice que nos estamos haciendo demasiado mayores.

—Vaya, Peter —dijo Lucy—, qué mala suerte. Y ¿qué vas a hacer?

—Nada, ya lo tengo casi asumido —respondió su hermano—. Es bastante diferente de lo que pensé. Lo comprenderás cuando llegue tu última vez. Pero, démonos prisa, aquí están nuestras cosas.

Resultaba extraño, y no muy agradable, quitarse las prendas regias y regresar vestidos con las ropas del colegio (no demasiado limpias por aquel entonces) a la gran asamblea. Uno o dos de los telmarinos más antipáticos se mofaron; pero las otras criaturas aplaudieron y se pusieron en pie en honor de Peter, el Sumo Monarca, la reina Susan del Cuerno, el rey Edmund y la reina Lucy. Tuvieron lugar afectuosas y, por parte de Lucy, llorosas despedidas con todos sus viejos amigos; besos de animales, apretones afectuosos por parte de los Osos Barrigudos, apretones de mano con Trumpkin, y un último abrazo hormigueante y bigotudo con Buscatrufas. Y por supuesto Caspian ofreció devolver el cuerno a Susan y obviamente ella le dijo que se lo quedara. Y luego, de un modo maravilloso y terrible, llegó el momento de despedirse de Aslan, y Peter ocupó su lugar con las manos de

Susan sobre sus hombros y las manos de Edmund en los de Susan y las de Lucy en los de éste y las del primero de los telmarinos en los de Lucy, y así en una larga fila fueron avanzando hacia la puerta. Después de eso llegó un momento difícil de describir, pues a los niños les pareció que veían tres cosas a la vez. Una era la entrada de una cueva que daba al deslumbrante verde y azul de una isla del Pacífico, a la que irían a parar todos los telmarinos en cuanto atravesaran la puerta. La segunda era un prado en Narnia, los rostros de los enanos y los animales, la mirada profunda de Aslan y las manchas blancas de las mejillas del tejón. Pero la tercera, que engulló rápidamente a las otras, era la superficie gris y guijarrosa de un andén en una estación de pueblo, y un asiento con equipaje a su alrededor, en el que estaban todos ellos sentados como si jamás se hubieran movido de allí; un lugar un poco insulso y aburrido por un instante tras todo lo que habían vivido, pero también, inesperadamente, agradable a su modo, con el familiar aroma a ferrocarril, el cielo británico sobre sus cabezas y el trimestre de verano a punto de empezar.

—¡Bien! —exclamó Peter—. No digáis que no lo hemos pasado bien.

—¡Maldición! —dijo Edmund—. He dejado la linterna nueva en Narnia.

La Travesía del Viajero del Alba

Edmund y Lucy pensaban que era el fin del mundo cuando supieron que tenían que pasar las vacaciones de verano con el odioso primo Eustace. Estaban allí de pie, contemplando con abatimiento el cuadro del barco con la proa en forma de dragón cuando, poco a poco, éste empezó a balancearse y el viento comenzó a soplar. En un instante el marco desapareció y los tres niños se vieron arrojados a las olas. Sujetándose desesperadamente a las cuerdas que les lanzaban, los niños treparon como pudieron a la seguridad de la cubierta de la nave.

Una vez instalada en su camarote, Lucy presintió que estaban a punto de disfrutar de una aventura maravillosa. Y así fue, pues se habían unido al príncipe Caspian en su búsqueda de los siete amigos de su padre que habían desaparecido tiempo atrás en un peligroso viaje a las Islas Orientales.

Ésta es la quinta aventura de
Las Crónicas de Narnia